经典文学名著

JINGDIAN WENXUE MINGZHU

非洲民间故事

FEIZHOU MINJIAN GUSHI

高　山　主编

青岛出版集团 | 青岛出版社

图书在版编目（CIP）数据

非洲民间故事 / 高山主编 . - 青岛：青岛出版社，
2019.10
ISBN 978-7-5552-8608-0

Ⅰ . ①非… Ⅱ . ①高… Ⅲ . ①民间故事 - 作品集 -
非洲 Ⅳ . ① I407.3

中国版本图书馆 CIP 数据核字（2019）第 204500 号

FEIZHOU MINJIAN GUSHI
书　　名　非洲民间故事
主　　编　高　山
出版发行　青岛出版社
社　　址　青岛市海尔路 182 号（266061）
本社网址　http://www.qdpub.com
邮购电话　0532-68068091
策　　划　马克刚
责任编辑　刘晓艳　王秀辉
特约编辑　张　钰
封面设计　余　微
印　　刷　鸿鹄（唐山）印务有限公司
出版日期　2019 年 10 月第 1 版　2023 年 3 月第 6 版第 7 次印刷
开　　本　1/16（710 mm × 1000 mm）
印　　张　15
字　　数　230 千
书　　号　ISBN 978-7-5552-8608-0
定　　价　29.80 元

编校印装质量、盗版监督服务电话　4006532017　0532-68068050
建议陈列类别　少儿

走进名著

非洲是一块充满神奇故事、辽阔无比的陆地，由北端的地中海岸开始，一直跨过赤道、南回归线，再向南延伸，既有潮湿的热带雨林，亦有干燥的撒哈拉大沙漠。

人类最早的祖先就生活在这里。至今，非洲的发展已经超过了100万年。在这片土地上出现过很多独特的部族，也曾出现庞大的王国，诸如贝宁古国、埃及，等等。因此，非洲的地域之间、国家之间的差异性尤为显著。

除埃及外，非洲绝大多数地区文字出现得比较晚，很多故事是通过代代口耳相传得以保存的。本书精选非洲大陆上的民间传说，题材广泛，构思巧妙，意味深长。无论主角是人物还是动物，都表现了非洲独特而鲜明的地域特点及民族风情。

非洲是一片距离中国比较遥远的大陆。当你读完这本书后，你会进一步了解这片热土上的风土人情，通过非洲人民的美丽的幻想获得一些有益的启发，拓宽自己的眼界，从而识别美丑，陶冶高尚的情操。

本书精选了37则经典的非洲民间故事，并在文中附加名师解读、精简点评等内容，帮助学生理解这些故事的含义，提高阅读效果。

故事大纲 GUSHI DAGANG

幻想故事

- 黄金宝座
- 贪心的木匠
- 吃人的怪物和勇敢的孩子
- 王子和野兔先生
- 怕太阳光的女人
- 葫芦孩子
- 会唱歌的鼓和神秘的南瓜
- 海魔和渔家女
- 比魔鬼厉害的老太太
- 月宫少年
- 一个吹号手
- 水手贝昂迪亚克
- 鲁卡斯和动物们
- 班歌的故事
- 小石头的故事
- 魔鬼的女儿

生活寓言

- 阿基尼法斯村的英雄
- 姐弟俩智斗野人
- 荒年
- 有钱的老人

动物寓言

生活故事

目录 CONTENTS

法官选亲

很久以前，有三名正义的法官，他们同心协力地为人民服务，帮助大家解决了很多难题。

随着时间的流逝，这三名法官渐渐变成了白胡子老头儿。其中一位法官十分聪明，而且非常乐于助人，人们有问题都会向他寻求帮助，就连另外两名法官也经常向他请教问题。这位大法官有一个聪明美丽的女儿，而另外两个法官家的孩子都是男孩。这三个孩子从小一起长大。渐渐地，孩子们都到了结婚的年龄。这两名法官都有私心为自己的儿子求娶大法官家的女儿，但他们并没有向对方提起过这件事。

叙述

这里交代了三位法官家中的情况，为后文两位法官同时求娶另一位法官的女儿埋下了伏笔，推动了故事情节的发展。

有一天，一位法官派人去大法官家提亲。大法官并没有直接给予回复，而是请提亲的使者先用餐。很巧的是，另一名法官也在同一天派人替儿子请求迎娶大法官的女儿。大法官只好也请另一位使者先用餐。第一位使者用完餐后，再一次提出了自己的请求。大法官考虑了一下，对使者说："我愿意接受这门亲事，但希望您能用三个月的时间做好结婚的准备。"然后这位使者就离去了。大法官给了第二位使者同样的答复。

语言描写

此为语言描写，通过大法官给予使者的答复，表现了大法官对女儿婚事的重视，同时也可以看出这是大法官对另外两位法官的考验，引出了下文。

两位法官得到了使者的回复，便开始嘱托自己的儿子为结婚做准备。一位法官说："三个月时间可不长，准备的东西一定要符合大法官的心意。他肯定是想让我们准备一套像样的房子。这样一来，你们既能住得舒适，又能让人羡慕。你赶紧去买一块地皮，然后建一栋漂亮结实的房子。”

另一位法官对此却有不同的想法。他对自己的儿子说：“姑娘的父亲肯定是想为自己的女儿寻找一位优秀的丈夫。你现在虽然有一些成就，但是见识还不够宽广。儿子，我希望你能够用这三个月的时间出去游历一番，这样既能开阔视野，也能够结交到更多朋友。我相信三个月后，你会变得更加成熟稳重。我想这才是姑娘的父亲最想要的‘婚前准备’。”

语言描写

此为语言描写，通过法官对儿子的嘱托和交代，表现了法官的思想觉悟之高、心胸之宽广，同时也突出了法官对儿子的看重和对大法官的了解。

三个月的时间很快就过去了。两位法官分别派人去向姑娘的父亲陈述婚礼的准备工作。

姑娘的父亲得到消息后，便设宴邀请了当地的一些老人。大法官在宴席上向老人们讲述了自己面对的难题，希望老人们能够给自己一些建议。这可把老人们难住了。

老人们说：“这两位都是您的好朋友，也都为结婚做了很多准备，这可真是一件不好处理的事情。长期以来，都是您为我们解决难题，我们都很想帮助您。但是像您这样聪明的人都没有办法，我们更不知道该怎么办了。”

语言描写

此为语言描写，引出了下文法官的抉择，突出了法官的眼界和心胸。

大法官思考了很久，终于拿定了主意。于是他对老人们说：“房子虽然看起来很牢固，但是它抵不住洪水，也挡不住飓风，更经不住大火的焚烧。然而，一个人的本领、眼界、涵养和结交的朋友才是更重要的，这些虽然看不到、摸不着，但它们不会被摧毁和磨灭，能够在困境中赋予我们坚持下去的勇气和战胜困难的力量。所以，我打算把女儿嫁给那位愿意外出游历的年轻人。”

老人们都非常赞成，说：“我们支持您的决定，您不仅为自己的女儿选择了一门好亲事，也教给了我们一些大道理，您真是太睿智了。”

精简点评

本文主要讲述了大法官为自己的女儿选夫婿的故事，从两位法官对儿子的交代和嘱托中，不难看出一位法官比较务实，另一位法官比较看重精神上的富足。从大法官做出的选择中，则可以看出大法官有睿智的头脑和广阔的心胸。这个故事意在告诉读者，一个人的内在品质要比外在的物质重要得多。

佳词美句

流逝　给予　羡慕　睿智　同心协力　乐于助人　聪明美丽

其中一位法官十分聪明，而且非常乐于助人，人们有问题都会向他寻求帮助，就连另外两名法官也经常向他请教问题。

你现在虽然有一些成就，但是见识还不够宽广。儿子，我希望你能够用这三个月的时间出去游历一番，这样既能开阔视野，也能够结交到更多朋友。

大法官在宴席上向老人们讲述了自己面对的难题，希望老人们能够给自己一些建议。

然而，一个人的本领、眼界、涵养和结交的朋友才是更重要的，这些东西虽然看不到、摸不着，但是它们却不会被摧毁和磨灭，能够在困境中赋予我们坚持下去的勇气和战胜困难的力量，这才是最坚固的东西。

阅读思考

1. 两位法官为什么都想为自己的儿子向大法官提亲？
2. 大法官为什么要给另外两位法官三个月的准备时间？
3. 从大法官的选择中，你学到了什么道理？

黄金宝座

举例子

作者用具体的事例将孔富·阿若切的与众不同展现了出来，赋予了他强大的力量，同时也暗示了他这一生将充满神奇的色彩。同时通过这样的叙述方式，增加了故事的奇幻色彩和可读性。

从前有一位半神半人的英雄，他的名字叫作孔富·阿若切，就是他帮助了阿萨第人民建立了自己的家园，他也使得分散的阿萨第族变得团结和统一，因此，他在阿萨第人民的心中是非常神圣的，阿萨第的人民一直非常地怀念他。

当然，作为半神半人的英雄，孔富·阿若切出生时便与常人不同：他降生时一只手捧着草药，另一只手拿着一根手杖，他就这样直接从母亲的肚子里走了出来。他手中捧着的草药便是巫医的象征，而另一只手中的手杖，则是权力的象征。这就代表着天神对他授予的重任和权力，预示了他以后不平常的人生。他这一生注定为了人民而活。

举例子

此为举例子，作者通过列举不同的例子，写出了孔富·阿若切的神奇之处，增加了故事的可读性，同时也丰富了孔富·阿若切的人物形象。

不仅如此，孔富·阿若切在六个月的时候，就可以清晰地说话了，在他童年的时候，非凡的神力就展露无遗。有一次，孔富·阿若切正趴在石头上玩耍，他的两只手仅仅只是不经意地在石头上抠着，但不可思议的是，竟然直接在石头上抠出了槽窝来。还有一次，他和小伙伴们一起爬棕榈树，但是只有他爬过的地方，留下了深深的脚印。

由于孔富·阿若切出生时便手捧象征着巫医的草药，他天生就精通所有的巫术，并且他还可以通过咒语呼风唤雨，当然他也经常会用药草和符咒为病重的人们治疗。

他一长大成人，就一手拿着药囊，另一手拿着手杖出去云游四方了。他在云游的时候，每路过一个地方，就会利用自己的草药和神奇的巫术，为大家治疗疾病，祛除人们的痛苦，消除即将到来的灾难，拯救当地的黎民百姓。因此他受到了人们的热情接待和最高的敬意。但是也总有一些人会因为他的多管闲事而冷淡他。因此，凡是那些热情待他、对他好的人，他就为他们祈祷祝福；凡是对他冷淡、看不起他的，就会受到孔富·阿若切的诅咒。不管是他的诅咒还是祝福，都十分的灵验。

动作描写

这里是对孔富·阿若切的动作描写，通过他拯救百姓的举动，可以看出他是一个心怀天下、乐于助人、心地善良的人，从而也呼应了上文中他的身份特征。

因为孔富·阿若切常年在四处走动，他便发现阿萨第人民总是东一处、西一处的，而且他们还没有自己的国家和土地，因此他们之间也没有很强的凝聚力。经过一番考虑，他便为这些人挑选了一块肥沃的土地，他在那里种下了一棵树。不可思议的是，仅仅一夜之间，那棵树就长得又高又大，浓密的枝叶遮天蔽日。他称这棵树为“库玛”。

后来，他又对所有的阿萨第人说：“你们都来这棵树这儿生活，这将是你们的家园。”“库玛西城”就是这样建立的，而“库玛西城”的意思就是“在库玛树下”。

城邦建立之后，孔富·阿若切便让阿萨第人共同选出一个人来做库玛西城的首领，他让自己的弟弟做了库玛西城的祭司。由此，阿萨第人终于有了自己的国家——库玛西。

叙述

作者通过对库玛西与其他国家的冲突介绍，表现了弱肉强食的道理。突出了国家之间利益为上的原则，同时也表现了战争的残酷性。

作为新生的国家经常受到他国的欺负，它和邻国经常因为一些小事而发生战争。在库玛西和其他国家的每一次战争前，孔富·阿若切都会用强大的巫术来占卜战争的进程和战争的结果，并以此标明为战胜必须要遵守的禁令。然而在某一次的交战中，人们并没有严格地遵从孔富·阿若切的嘱托和禁令，库玛西的领袖和祭司都因此不幸身亡了。

在库玛西的领袖死亡后，人们不得不重新推选出一位首领。奥塞伊·图图就这样被大家推选出来，成了库玛西王位的继承者。而祭司的这个职位则由孔富·阿若切自己担任，他的主要任务便是辅佐国王。库玛西之下还设有各方的首领，他们各自占领着一方天地。为了让所有的首领都能效忠于奥塞伊·图图，孔富·阿若切想出了一个办法。他告诉国王，让他邀请各方的首领一起参加集会。在集会的时候，孔富·阿若切将药囊中的一味草药放到了酒中。待到各方的首领全都喝了他调配的药酒后，便都自愿归顺了奥塞伊·图图国王。一旁的孔富·阿若切趁这个时机赶紧说道："奥塞伊·图图便是所有阿萨第人民的国王，阿萨第的人民必须团结起来，这便是上天传达的旨意，不信的话，你们抬头看！"说完，他就将手杖往天空一挥，天上立刻便响起了震耳的雷鸣声，天空也随即裂开了一道宽大的裂缝，一个闪耀着金光的精雕细琢的"黄金宝座"也从裂缝中缓缓降下，这个宝座不偏不倚地正好落在了奥塞伊·图图国王面前。

语言描写

此为语言描写，通过孔富·阿若切对各方首领的宣告，表现了他对阿萨第人民的关心和爱护，突出了他对国王的忠诚，同时也说明了他是一个聪明、机智、善于运筹帷幄的人。

各方的首领看到这样的场面后，又是惊讶又是奇怪，当他们意识到这是上天对他们的指示后，便又兴奋地围绕在奥塞伊·图图国王身旁唱起了欢快的庆祝歌，还跳起庆祝舞来。他们就这样一边唱着，一边跳着，用最虔诚的态度表达着他们对奥塞伊·图图国王的敬意和祝贺。

名师解读

阿萨第的各方首领轻易便表达了自己的归顺之心，他们完全臣服于国王。可以看出他们并没有反叛之心，也突出了孔富·阿若切的英明和神武。

"下面的各方首领们，你们听好，为了向上天表示你们对国王的忠心，现在就请把你们手上的指甲剪下来吧！”孔富·阿若切看着这群欢快起舞的人们大声命令道。由于看到了孔富·阿若切刚刚为他们施展的神通，各方的首领早就将他当作了神明的使者，一听到他的命令，哪里还敢不从。于是各方首领们纷纷剪下了自己的手指甲，并将它们递交给了孔富·阿若切。

孔富·阿若切接过指甲后，便将它们制成了药物，并且点燃了它们。于是一团烟雾便出现在了黄金宝座的周围，并且将宝座紧紧笼罩着。紧接着，在黄金宝座中像是出现了一个看不见的吸食烟雾的口子，刚刚的烟雾全都渐渐被吸到了宝座之中，一点儿也没有剩下。大家看到这一幕都惊讶不已，孔富·阿若切便向他们解释说：“刚刚让你们剪下的指甲，便代表着你们的灵魂，如今你们的灵魂已随着烟雾一起被吸到了黄金宝座之中，从今以后，黄金宝座在，库玛西这个国家就在，你们也便在；而若是黄金宝座毁了，那么库玛西这个国家也就毁了，当然你们也就会走向灭亡。”

名师解读

孔富·阿若切将各方首领的灵魂和国家的命运捆绑在一起，从而使得他们必须效忠这个国家，增加了整个民族的内在凝聚力，突出了孔富·阿若切的高明之处。

孔富·阿若切随后又叫来了国内的铁匠，命令他做了七个小铃铛。孔富·阿若切将这七个小铃铛系在黄金宝座上后，又召来了各方首领，然后对他们说：“你们看好了！这宝座上的七个小铃铛就代表了库玛西城未来的七个君主。从今往后，不管是哪一个新的君主登上了王位，你们都必须要效忠于他，尽心地辅佐他。有了国王的领导，阿萨第民族一定会走向繁荣和昌盛。”

语言描写

这里是对孔富·阿若切的语言描写，他这样的做法与上文中的做法有异曲同工之妙，向各方首领说明了他们必须要效忠新国王的理由，表现了他的治下有方。

从今天起，这个“黄金宝座”就是阿萨第人国家统一的象征，你们一定要守护好它，只有它完好无损地存在于这个世上，这个国家才会吉祥昌盛。

精简点评

本文主要介绍了半人半神的英雄孔富·阿若切的主要功绩。带着神力降生的孔富·阿若切注定有着与常人不同的生活。他成年之后便开始了云游四方、救助众生的生活。在看到四处流落的阿萨第人民的时候，更是对他们伸出了援助之手，帮助他们建立了属于自己的城邦，由此可以看出孔富·阿若切善良、宽广的胸怀。而他随后在库玛西帮助国王收服各方首领的行为，更是显露出他无上的神通和高超的筹谋。文章塑造了一个心地善良、乐于助人、心怀百姓的英雄形象。

佳词美句

与众不同　展露无遗　呼风唤雨　云游四方　遮天蔽日　精雕细琢　不偏不倚

当然，作为半神半人的英雄，孔富·阿若切出生时便与常人与众不同：他降生时一只手捧着草药，另一只手拿着一根手杖，他就这样直接从母亲的肚子里走了出来。

由于孔富·阿若切出生时便手捧象征着巫医的草药，他天生就精通所有的巫术，并且他还可以通过咒语呼风唤雨，当然他也经常会用药草和符咒为病重的人们治疗。

因此，凡是那些热情待他，对他好的人，他就为他们祈祷祝福；凡是对他冷淡，看不起他的，就会受到孔富·阿若切的诅咒。

各方的首领看到这样的场面后，又是惊讶又是奇怪，当他们意识到这是上天对他们的指示后，便又兴奋地围绕在奥塞伊·图图国王身旁唱起了欢快的庆祝歌，还跳起庆祝舞来。

阅读思考

1. 孔富·阿若切出生时，手中的药草和手杖分别代表着什么？
2. 孔富·阿若切为什么要建立库玛西？
3. 孔富·阿若切是一个什么样的人？

贪心的木匠

从前，卡塔戈有一个“椅子大师”，这位木匠手艺精湛，最擅长的木匠活儿就是制作椅子。经他的手做出的椅子美观又牢固。

木匠有一个聪明好学的女儿叫哈里玛，虽然她才五岁，却经常提一些奇奇怪怪的问题，木匠总是被难住。有一天早上，木匠正像往常一样在院子里锯木头，哈里玛又跑过来问问题了：“爸爸，妈妈说她刚刚见到一只野猫，可妈妈又不认识它，怎么知道那是野猫还是家猫呢？”木匠还没来得及回答，哈里玛又提出了新问题：“爸爸，舅舅告诉我大象会在夏天的时候去天上旅游，夏天又闷又热，然后大象会出很多汗。所以天上掉下来的雨水就是大象出的汗，对不对？”

名师解读

这里是对木匠听到女儿哈里玛的问题后的语言描写，表现出木匠对女儿太过聪明好学的为难，也对应了上文木匠经常被女儿的问题难倒这件事。

木匠听见哈里玛天真的问题，正准备告诉哈里玛：“那是舅舅在逗你呢。”哈里玛又有问题了。木匠听着哈里玛的一连串问题很头疼，就对哈里玛说：“你去和小朋友们玩吧，爸爸要干活儿了。等有时间了，爸爸再解答你的疑问，好不好？”

语言描写

此为语言描写，哈里玛开口替矮人解围，表现了哈里玛的聪明善良和乐于助人。

哈里玛知道爸爸要工作了，就自己跑去玩了。她跑出门的时候，发现大家正在嘲笑一个个头比较小的人。哈里玛不忍心看到别人被欺负，就找了个借口替矮人解围：“矮人先生，我爸爸想邀请您去家里见面。”于是，矮人就跟着哈里玛回家了。矮人礼貌地询问木匠：“木匠先生，请问您要见我是有什么事情吗？”

木匠请矮人坐下，说："其实是我的女儿想邀请您来家里做客，希望您不要介意。"矮人知道哈里玛是为了帮助自己，才找了一个这样的借口。矮人从背后的袋子里掏出一把糖果送给哈里玛，向木匠表示感谢后就离开了。

从此以后，矮人每次路过木匠家时，都会送给哈里玛一些小礼物。一开始，哈里玛很不好意思，后来渐渐地就习惯了，甚至还很期待新礼物。有时候，木匠也会邀请矮人到家里做客，每到这个时候，哈里玛就会问矮人各种问题，矮人都会很耐心地一一解答。

> **名师解读**
> 木匠与矮人越来越熟悉，还主动邀请矮人来家里做客，而好奇心旺盛的哈里玛也能趁机向矮人请教更多的问题。

哈里玛对矮人的袋子很好奇，就问他："你的袋子里有烤肉吗？"

矮人说："当然有，除了烤肉，还有大饼呢。"

哈里玛又问："每次见你都是一个人，你的妻子呢？"

矮人笑着说："她飞走了。"

哈里玛觉得矮人的妻子肯定是变成老鹰了，因为老鹰总是在天上飞来飞去。有一次哈里玛问妈妈："你能像老鹰一样在天上飞吗？"哈里玛的妈妈说自己不会飞。

矮人其实是一个魔法师。

有一天早上，矮人又来到了木匠家，这次他背上背了一个很大的袋子，他对木匠说："我要回家了，我的家乡离这里很远，短时间内我不会再来了。如果哈里玛问到我，请您告诉她，我和我的妻子一样飞走了。"矮人一直在木匠家待到了黄昏，用完晚餐才离开。临走前，木匠拿出一件很新的长袍，让哈里玛当作临别礼物送给矮人。

> **语言描写**
> 矮人专程来与木匠一家告别，并特意嘱咐木匠，要告诉哈里玛自己飞走了，既表现了矮人和木匠一家深厚的情谊，又反映出他对哈里玛的童心的保护。

矮人请木匠送自己一段路，两人一直走到村外，矮人对木匠说："很多人嘲笑我是个小矮子，但是你们一家

动作、神态描写

此为动作描写和神态描写，生动地写出了木匠吃惊的神情，暗示了将要发生神奇的事情。

不这样，你们不仅不嫌弃我，还把我当作朋友，用丰盛的晚餐招待我，你们都是善良的人，我相信上天会保佑你们的。”说完，矮人就蹲下身子，拨开了脚边的草。木匠看见草丛里只是一块大石头，并没有什么特别的。矮人对着石头吹了一口气，石头就冒起了浓烟，木匠看得目瞪口呆。更神奇的在后面，浓烟散后，矮人对石头大喊一声："金山开门！"石头真的按照矮人的命令从中间打开了。里面有一个大洞口，洞里点着灯，所以从洞口向里看，就能看到一大堆金币。

阅读笔记

矮人拍了拍呆若木鸡的木匠，说："木匠先生，非常感谢您和您的家人这段时间对我的照顾，为了表达感谢，我想把这座金库送给你。您每天可以取一枚金币，而且不用担心金币会用完，因为这些金币可以自己生长。您什么时候想取都可以，如果白天来，您可能会看见金库在发光，但是绝对不会被别人发现。等哈里玛有了自己的家庭，还请您把取钱的方法教给她。"

木匠跪在地上，对矮人说："矮子先生，您给我们的礼物太多、太贵重了，真是太感激您了。如果我们有失礼的地方，请您见谅。"

语言描写

此为语言描写，表现了矮人知恩图报的品性，而矮人对木匠的警告，也为后文埋下了伏笔。

矮人赶紧把木匠扶起来，说："木匠先生，这是我给你们的酬金，您放心取吧！您想拿钱的时候，只要蹲下身子拨开草丛，对着大石头喊一声'金山开门'就可以了。不过，请您记住一次只能取一枚，您现在就可以取了。"木匠听到现在就可以拿金币，就赶紧进去拿了一枚。木匠出来后，听见矮人说"石头关门"，就见大石头又变成了原来的样子。木匠目送矮人离开后，就激动地往家跑去。木匠把矮人送给他们金库的事情告诉了妻子，却隐瞒了打开金库的口令。两个人兴奋了一晚上。

第二天夜里，木匠又来到了石头边，按照矮人告诉的方法打开金库，果然又拿到了一枚金币。随着时间的流逝，木匠一家的金币越攒越多。半年后，木匠用拿到的金币建了一栋两层高的大房子，他们一家人在新房子里过上了衣食无忧的生活。木匠想："我现在可是有钱人了，而且每天都能拿到金币，我可不想再干又苦又累的木匠活儿了。"于是，就把自己做工的工具都卖给了别人。

> **心理、动作描写**
> 此为心理描写和动作描写，可以看出木匠的好逸恶劳、贪图享乐，为后文埋下了伏笔。

后来，木匠又买了很多农田和牛羊，雇了很多人帮他种田、养牲口。现在的木匠出门时穿着华丽的绸缎衣服，身边跟着很多随从，人们碰到他都尊称一声"老爷"，再也没有人叫他"椅子大师"了。

人们看到木匠不再做椅子，而且手里的钱越来越多，都开始疑惑他的钱是哪里来的。这么多的财富更是引起了村长和一些富人的嫉妒，但是他们也没有办法弄明白木匠是怎么富起来的，所以村长和富人们开始奉承讨好木匠，希望能从木匠身上得到一些好处。如此一来，本就嚣张的木匠更加放肆了。他现在觉得自己可是人上人，更加看不上村长和富人们了。

> **叙述**
> 这里反映出金库给木匠带来了优越的生活，为木匠变得更加贪心做了铺垫。

有一天，木匠照常去金库里取金币，看着金灿灿的金币堆，木匠心里痒痒的，他想："我现在家大业大，除了供家人吃穿用度，还要支付仆人们工钱，开销越来越大，反正金库里这么多钱，我多拿一枚应该也没事。更何况我每天拿金币这么辛苦，一枚金币可不够。"于是，木匠忐忑地取走了两枚硬币。等他出了金库，看到一切正常，长叹一

心理描写

此为心理描写，通过描写木匠对未来的规划，表现了木匠贪图享乐、好逸恶劳、贪婪无度的性格特质。

阅读笔记

口气："我就说没事吧，矮子先生果真在骗我。"从此以后，木匠变成了每天取两枚金币。

一个月后，木匠又有了新想法："我现在可是大富翁了，两枚金币怎么够花。我拿两枚金币没事，再拿多点肯定也行，反正我已经知道矮子先生是在骗我。"于是，他这天去取金币的时候就带了两个大麻袋。他打开金库门以后并没有着急装钱，而是坐在洞外的草地上思考这笔钱该怎么花，他想："我要建一栋更大、更豪华的房子。"打定主意后，他乐呵呵地从草地上爬起来，赶紧拿着麻袋进入金库。他打开一个麻袋，正弯腰准备往里面装金币，忽然听见一声巨响，然后他晕过去了。

等木匠醒来，发现自己正躺在一片荒草里，周围什么都没有。他找了半天，也没有发现金库的踪影。他只好拿着两个空口袋失魂落魄地回家了。

第二天一早，木匠又去寻找金库的踪迹，结果什么也没有找到。木匠一家虽然没有了金币，但还是过着奢侈的生活，渐渐入不敷出，最后只好变卖家里的财产，最后连房子也卖给村长了。一年不到，木匠又变成了一个穷人。

精简点评

本文主要讲述了木匠一家因为善良而变得富裕，但又因为贪婪而变得贫穷的故事。心地善良的哈里玛救助了受人欺负的矮人，而知恩图报的矮人，在临走之前，也赠予了他们一笔财富。然而，因为木匠的贪心，他们又失去了这笔财富。这个故事告诉我们不能因为一时的富裕而好逸恶劳、贪图享乐，更不能贪婪无度。

佳词美句

精湛　嘲笑　邀请　嫌弃　聪明好学　奇奇怪怪　呆若木鸡

木匠有一个聪明好学的女儿叫哈里玛，虽然她才五岁，却经常提一些奇奇怪怪的问题，木匠总是被难住。

一开始，哈里玛很不好意思，后来渐渐地就习惯了，甚至还很期待新礼物。

半年后，木匠用拿到的金币建了一栋两层高的大房子，他们一家人在新房子里过上了衣食无忧的生活。

现在的木匠出门时穿着华丽的绸缎衣服，身边跟着很多随从，人们碰到他都尊称一声“老爷”，再也没有人叫他“椅子大师”了。

阅读思考

1. 哈里玛是一个什么样的小姑娘？
2. 矮人为什么会将金库送给木匠一家？
3. 木匠最后为什么又变得贫穷了？

学者和他的猴子

名师解读

聪明的猴子跟主人学会了用手枪，并对手枪产生了强烈的好奇心。终于，它趁着主人睡觉时，将手枪偷了出来。此处突出了猴子的顽劣和机灵。那么，对于这样的宠物，学者又会想出什么样的对策呢？

很久以前，提格雷省的阿杜瓦城里有一位著名的学者。这位学者名叫瓦里达·格奥尔吉斯，皇帝伊奥昂非常重视他。

瓦里达养了一只猴子。猴子很聪明，跟着瓦里达学会了点灯。它看到瓦里达洗手，还会跑过去帮忙。它仗着瓦里达的宠爱，经常闯祸。

瓦里达习惯在枕头底下藏一把上好枪弹的单管手枪。猴子经常跟在他身边，时间一长，竟然也学会了用手枪。一天晚上，猴子看到瓦里达睡着了，就把手枪偷了出来。猴子不小心扣动了扳机，“砰”的一声吓醒了熟睡的瓦里达，也招来了巡夜的守卫。守卫们害怕瓦里达有危险，就带着刀闯进了瓦里达的房间。可是他们找了半天，也没有找到贼人的影子，只在地板上发现了一把手枪。

名师解读

这里是对瓦里达的动作描写，通过自己的动作来教猴子用枪，以便给它一个教训，果然不出他所料，猴子学会了用枪，并成功自己吓到了自己。表现出猴子的聪慧、顽劣和瓦里达对它的了解。

瓦里达认出手枪就是自己藏在枕头下面的那一把，一下子就明白了。他想：肯定是猴子趁自己睡着，偷走了手枪，枪一响，猴子就被吓跑了，看来必须给猴子一点教训了。

于是，瓦里达把枪里的火药取出来，然后故意当着猴子的面，把枪口对准自己，扣动扳机。过了一阵子，他觉得猴子肯定学会了，就偷偷把火药装回了手枪。果然，等到瓦里达睡着之后，猴子就把手枪偷出来，照着瓦里达的样子，朝自己开枪。装了火药的手枪“砰”的一声，把猴子吓得吱呀乱叫，上蹿下跳。

自此以后，猴子连枕头都不敢靠近了，就更不用说偷偷玩手枪了。

精简点评

本文主要讲述了学者想办法惩戒自己的猴子的故事。睿智的学者收养了一只聪明的猴子，他对猴子十分的宠溺，猴子也因此愈发顽劣。有一天，猴子偷偷拿了学者的手枪，引起了很大的动静。学者很生气，决心惩戒猴子。不久后，学者通过一个巧妙的方法让猴子尝到了苦果。在这之后，猴子变得乖顺起来。这个故事告诉我们，在巨大的灾祸发生之前，一定要及时做出相应的措施。

佳词美句

著名　重视　贼人　教训　扳机　吱呀乱叫　上蹿下跳

猴子不小心扣动了扳机，“砰”的一声吓醒了熟睡的瓦里达，也招来了巡夜的守卫。

可是他们找了半天，也没有找到贼人的影子，只在地板上发现了一把手枪。

于是，瓦里达把枪里的火药取出来，然后故意当着猴子的面，把枪口对准自己，扣动扳机。

装了火药的手枪“砰”的一声，把猴子吓得吱呀乱叫，上蹿下跳。

阅读思考

1. 学者的猴子具有什么样的特征？
2. 猴子为什么偷拿了学者的手枪？
3. 学者想出了什么办法来惩罚顽劣的猴子？

吃人的怪物和勇敢的孩子

叙述

开门见山，写出了怪物的可怕和残忍，吸引了读者的兴趣，为后文发生的故事做铺垫。

从前，有一个怪物，体形庞大，而且还爱吃人，当地人都很害怕他。

当地人为了躲避怪物的袭击，都藏在一个山洞里。可是，怪物还是找到了山洞。怪物饱餐一顿后，以为山洞里的人和牲畜都被自己吃掉了，就心满意足地离开了。其实，还有一对母子藏在最里面，怪物没有发现，这对母子因此躲过一劫。

怪物离开以后，母亲偷偷地跑回家，拿走了最后一点食物，然后返回了山洞。从此，母子俩就在山洞里相依为命。母亲从小就教育男孩："有一个怪物，把附近的人都吃了，你千万不要离开山洞。"

语言描写

此为语言描写，表现了男孩的勇敢，以及他想要为民除害的愿望。

男孩渐渐长大，非常想去见识一下外面的世界。有一天，男孩不顾母亲的阻拦，带着自己制作的弓箭，离开了山洞。男孩回来的时候带了一只小鸟，他问母亲："这是那个吃人的怪物吗？"

母亲摇摇头，说："不是。"

第二天，男孩又带回了一只鸟，问了母亲同样的问题。母亲还是摇头。

第三天，男孩没有带回来鸟，而是带回来一只羚羊。他想："这个东西这么大，肯定就是怪物了。"结果母亲还是摇摇头，不过母亲却告诉他："这个虽然不是怪物，却是非常好的食物，可以烤着吃。"这天，母子俩吃了一顿美味的烤羚羊。

从此以后，男孩每天都会带回家一些猎物。不过他每次都会指着自己的猎物问母亲：“这是吃人的怪物吗？”

母亲每次都回答不是。最后她生气地对男孩说：“怪物很厉害，他把周围其他的人都吃了，我们俩以后要好好活着，你可不要想着打死他。”

男孩还是不甘心。于是，第二天他就带着母亲一起出了山洞。他点燃了一棵小树，然后和母亲一起藏在旁边粗壮的大树上，他对母亲说：“母亲，我今天就要把那只怪物引出来，我一定会杀死他。”

母亲听见男孩的打算，连忙劝阻说：“儿子，我们不是他的对手，我们快跑吧。”

燃烧的小树果然把怪物吸引过来了。不过，怪物也发现了母子俩，他站在树下盯着母子俩，兴奋地说：“我还以为我把周围的人都吃了，没想到漏了你们两个。我今天就要把你们都吃了。”

男孩毫不畏惧地说：“那就要看你的本事了。”

怪物很生气，开始用手拍打树干，大树摇摇晃晃的，看起来马上就要倒了。男孩镇定地拿出弓箭，瞄准怪物

语言描写

此为语言描写，男孩面对怪物时不但不害怕，而且还坚定地予以回击，表现了男孩的勇敢。

开始放箭，每一箭都射中怪物的要害。

大树还没有被推倒，怪物已经重伤倒地了。怪物知道自己快死了，就对男孩说："那些被我吃掉的东西还在我肚子里。你切掉我的大拇指和小指，就能把他们救出来。对了，你最后还要划开我的脸，这里也有个人。"

> **名师解读**
>
> 男孩将怪物杀死后，按照怪物的说法，将被怪物吃掉的人全部救了出来。那么，那些被男孩解救的人，又将如何回报男孩呢？

怪物死后，男孩就赶紧切掉了他的小指和大拇指，那些被吃掉的人和牲畜，果然都好好地走出来了。男孩想起了怪物的话，就划开了他的脸，又救了一个人。

被怪物吃掉的那些人，都好好地回到了自己家里。为了报答男孩，他们决定推举男孩做国王。

男孩因为自己的勇敢和正义而当上了国王，人们都很爱戴他。

只有一个人对男孩不满，就是最后从怪物脸中被救出的那个人。他对别人说："为什么要救我？我又不喜欢这里，赶紧让他把我放回去。"

大家见他这么忘恩负义，纷纷指责他说："国王好心救了你，你怎么能说出这种话？"

国王安慰大家，说："你们不必争执。既然他想回去，月底我就满足他。"

国王知道那个人喜欢烟草，于是特意命人种了一批，还专门派人守着。

> **名师解读**
>
> 国王特意为那人种了一片烟草，等看到那人将烟叶摘下时，国王立马要求那人将烟叶恢复原样，从而让那个人明白自己为何不能将他放回去，表现了国王的机智。

月底的时候，烟草快熟了。那个人果然来到烟草地，随手就摘了一片烟叶。谁知，国王特意在烟草地旁等他，见他摘了一片叶子，就对他说："好朋友，叶子同意你摘它了吗？现在，请你把烟叶放回去。"

那个家伙摇摇头，说："这怎么可能？"

然后，国王就召集了一群人，来围观他把叶子接回去。国王还对大家说："如果你把烟叶子接回去了，我就实现你的愿望，把你放回怪物的脸里。"

那个家伙耍赖说："这不是一回事，叶子怎么可能被接回去？"

大家听见那个家伙耍赖，就指责他说："一片叶子你都接不回去，怎么好意思要求国王把你放回怪物的脸里呢？"

那个家伙无话可说了，只好老老实实地和大家一起生活。

国王处理每件事情都能以理服人，因此越来越受百姓的爱戴。

阅读笔记

精简点评

本文主要讲述了勇敢的小男孩打败吃人的怪物，解救出被怪物吃掉的人和牲畜，然后他被人们推选为国王的故事。勇敢的男孩从小就立志要打败吃人的怪物，并且一直为这个目标而努力。后来，他成功地击败了怪物，还将之前被怪物吃掉的人和牲畜救了出来，男孩被众人推选成了国王。这篇故事告诉我们，只要向着目标不断努力，就总会获得成功。

佳词美句

畏惧　体形庞大　饱餐一顿　心满意足　相依为命　忘恩负义　老老实实

怪物饱餐一顿后，以为山洞里的人和牲畜都被自己吃掉了，就心满意足地离开了。

怪物很生气，开始用手拍打树干，大树摇摇晃晃的，看起来马上就要倒了。

男孩因为自己的勇敢和正义而当上了国王，人们都很爱戴他。

阅读思考

1. 男孩身上有哪些可贵的品质？
2. 男孩为什么一定要打败怪物？
3. 男孩为打败怪物做了哪些努力？

阿基尼法斯村的英雄

从前，有个叫阿基尼法斯的村子，村里的人经常外出打工。这天，他们去马依叶台葛城打麦子。在回村的路上，有一个人想看看有没有落下同行的伙伴，就叫队伍停了下来。他们去的时候是十二个人，但是这个人忘了数自己，所以怎么数都只有十一个人。

叙述

开门见山，为读者清楚地交代了事情的起因，为下文事情的发展做了铺垫。

这个人惊慌地告诉伙伴："我们少了一个人。"另一个人不信，要亲自数一数，结果这个人也忘记了数自己，所以他也喊道："真的只有十一个人！"这时，又有第三个人开始数，他看到路上只有十一个人，就相信了自己的同伴，开始痛哭："是真的，我们丢了一个伙伴，他一定被豹子抓走了！"十二个人都开始大哭，他们都以为失去了一位朋友。

阅读笔记

然后，他们整理队伍，继续向阿基尼法斯村走去。接下来的路途中，他们都在责备自己没有保护好同伴。第一个人说："是我们没有照顾好他。"有人接话："的确是我们的错，因为我们的疏忽，他被豹子抓走了！"第三个人说："肯定是一只凶猛的豹子偷袭了他！"然后，大家七嘴八舌地说："没错，他被豹子抓住了，还敢和豹子搏斗，他真是一个勇敢的人！""说得对，他是阿基尼法斯最勇敢的人。""可惜他的夫人要守寡了，不过有这样英勇的丈夫，他的夫人也会很骄傲的。""他的家人真可怜，他这样一个勇敢善良的人，怎么会遭遇这么大的不幸呢？"他们一边走，一边讨论那个被豹子抓走的同伴。

他们哭了一路，终于回到了村子。村里的人听见哭声，都跑到村口去迎接他们。人们问他们为什么哭得这么伤心，他们向村里的人讲述了回村路上遭遇的事情。他们说队伍里走丢的那个同伴是个英雄，他被豹子抓走了，而且还英勇地和豹子搏斗。讲的人神情激动，听的人也很兴奋。

名师解读

聪明的小姑娘敏锐地发现了问题所在，她通过自己的观察和分析，得出“肯定回来了十二个人”的结论，从而表现了小姑娘的机智和聪明，同时反映出那十二个人的马虎。

这时候，有个小姑娘发现了问题：这次去城里，每个人回来时都扛了一袋面粉，现在地上有十二只面粉袋，肯定回来了十二个人，怎么会有人走丢呢？

于是，小姑娘跑过去找妈妈：“妈妈，地上有十二只面粉袋，肯定回来了十二个人。”女人一数，的确是十二只口袋，她赶紧跑去找村长。村长一点人数，果然是十二个，他对村民们说：“从城里回来了十二个人，那个走丢的人，肯定是打败豹子逃了回来，他真是个勇士。”村民们激动地喧嚷起来了。就在这时，从城里回来的一个人说：“他肯定是打死了所有的豹子！”另一个接着说：“这个英雄现在就在我们当中，我们太光荣了，竟然可以和英雄做邻居！”为了庆祝这个好消息，村里举行了盛大的庆祝会，他们唱歌、跳舞，庆祝英雄归来。

语言描写

此为语言描写，村里的人们并没有质疑，反而引发了更深的误会，还说自己村里诞生了一个英雄。此处生动地表现了村民们的愚昧。

从此村里就有了一个传说：有一个英雄就住在村子里，他一个人打死了所有的豹子，给全村带来了光荣。

精简点评

本文主要讲述了十二个外出归来的阿基尼法斯村民由于马虎，得出“有一个英雄就住在村子里”的结论的故事。村里的大人都没有发现那十二个人的失误，反而是一个小女孩提出了疑问。然而，当她将自己的疑问告诉妈妈后，村民们却将其演绎成“勇士回归”的故事。可笑的是，谁都不知道这个勇士的真实身份，生动地表现了村民们的愚昧和无知。

佳词美句

落下　惊慌　痛哭　路途　责备　搏斗　守寡

这天，他们去马依叶台葛城打麦子。在回村的路上，有一个人想看看有没有落下同行的伙伴，就叫队伍停了下来。

他们说队伍里走丢的那个同伴是个英雄，他被豹子抓走了，而且还英勇地和豹子搏斗，讲的人神情激动，听的人也很兴奋。

为了庆祝这个好消息，村里举行了盛大的庆祝会，他们唱歌、跳舞，庆祝英雄归来。

阅读思考

1. 这十二个人犯了什么错误？
2. 是谁发现回来的是十二个人的？
3. 阿基尼法斯村的英雄到底是怎么出现的？

鳄鱼和猎人

语言描写

此为语言描写，饿猫向猎人求助并允诺给猎人好处，为后文饿猫帮助猎人的情节埋下了伏笔。

阅读笔记

有一位猎人，心地非常善良。在一次远行打猎的途中，猎人正在烤肉，一只饿猫过来向猎人求助，它对猎人说：“亲爱的猎人，我已经饿了很久了，能不能给我一些吃的，以后我一定会报答你。”善良的猎人不忍心小猫挨饿，就给了它一些肉，猫吃完肉，心满意足地走了。

第二天，猎人在草丛里发现了一只鳄鱼。原来这只鳄鱼上岸是为了捕猎，结果追猎物追得太远了，现在累得爬不回去了，只能等好心人来救它。鳄鱼请求猎人帮它回到水里，它会替猎人捉五次鱼，表示感谢。于是，猎人就在鳄鱼的腿上绑了一根绳子，拉着它来到了水边。鳄鱼感谢猎人的救命之恩，然后就下水捕鱼了。鳄鱼第一次把鱼送到了猎人手中；第二次送到了离岸远一点的地方；最后一次，干脆就等在水中，请猎人自己来拿。谁料，猎人刚走进水里，鳄鱼就咬住了猎人的腿。鳄鱼拖着猎人一直在水中走，最后把猎人放在了一个小岛上，然后招呼它的鳄鱼兄弟们，一起来享用大餐。

猎人看到四周聚集了这么多鳄鱼，十分惊慌地说：“我带你们这位朋友回家，可是它反过来要吃我，你们说这样公平吗？”

鳄鱼们对他说：“我们可以多听几种意见，然后再做判断。”

正巧，这时有一张烂席、一块破布和一匹老马随着水流来到了小岛上。于是，猎人就鳄鱼的行为向它们征求意见。人们觉得烂席、破布和老马因时间久而不好使了，就把它们扔到了水里，它们对自己被无情地抛弃而耿耿于怀，所以就说：“你觉得因为我们老了就被抛弃，这公平吗？如果人类这样的行为是公平的，那鳄鱼的做法也没有错。”

猎人听到大家的回答感到很绝望。正好，昨天向猎人要食物的那只猫从这里路过，猎人又向猫征求意见。猫说：“这只是你自己的说法，至于事情的真相是怎样的，是否公平，我还要听一听鳄鱼是怎么说的。”

鳄鱼说：“我本来在岸上待得好好的，猎人发现我之后，就用绳子绑住我的腿，使劲儿把我拽到了水里。”

猫说：“空口无凭，我还是不知道你们俩谁对谁错。这样吧，你们再重复一下当时的场景。我们回到你们俩相遇的地方，然后让猎人把你绑住拖下水，这样我才能评判是否公平。”于是他们就一起来到了猎人搭救鳄鱼的草丛。猎人刚用绳子把鳄鱼的腿绑住，猫就让猎人撇下鳄鱼，赶紧离开。鳄鱼在后面使劲叫唤，可惜这次没有人救它了。

语言描写

此为语言描写，猫向鳄鱼提出了自己的评判方法，从而解决了猎人的危机，表现了猫的机智和聪明，同时也反映出了它的知恩图报。

精简点评

本文主要讲述了猎人因为心软而被鳄鱼拖入险境，最后又在曾被自己救助过的猫的帮助下，重获自由的故事。善良的猎人先后救助了猫和鳄鱼，但是鳄鱼想要将猎人吃掉，而猫却用自己的聪明才智救了猎人的性命，同时惩罚了忘恩负义的鳄鱼。这个故事告诉我们：善良的人一定会得到别人的帮助，而邪恶的人一定会受到应有的惩罚。我们要做一个知恩图报的人。

佳词美句

捕猎　聚集　慌张　撇下　空口无凭

善良的猎人不忍心小猫挨饿，就给了它一些肉，猫吃完肉，心满意足地走了。

原来这只鳄鱼上岸是为了捕猎，结果追猎物追得太远了，现在累得爬不回去了，只能等好心人来救它。

鳄鱼拖着猎人一直在水中走，最后把猎人放在了一个小岛上，然后招呼它的鳄鱼兄弟们，一起来享用大餐。

猎人刚用绳子把鳄鱼的腿绑住，猫就让猎人撇下鳄鱼，赶紧离开。

阅读思考

1. 请简述猎人的性格特征。
2. 鳄鱼为什么会恩将仇报？
3. 鳄鱼为什么会受到惩罚？

怕太阳光的女人

从前，有一个女人生活中遇到了很多不顺心的事情，丈夫嫌弃她无法生育，所以让她自己一个人搬去了距离克拉阿尔很远的地方，而且从来不去看望她。有一天，女人正在地里干活儿，她边干活儿边嘟囔：“我种地还有什么用？我没有孩子，丈夫也不要我了，我活着还有什么意思？”

> **名师解读**
> 丈夫因嫌弃女人无法生育，而将女人抛弃。女人心中委屈，认为自己活着没有任何意义，甚至产生了轻生的想法。此处表现了丈夫的无情和残忍，突出了女人处境的艰难。

女人越想越沮丧，就扔下了手里的活儿，坐在田埂上发呆。忽然她看见土块上有一只小黄雀蹦蹦跳跳的，嘴里还叼着东西。后来，这只小黄雀就飞过来落在她肩头，对她说：“伸手。”

女人伸出了手，手心里就出现了几粒谷子。

小黄雀对女人说：“我知道你一直想要个孩子，只要你在吃饭前，把这几粒谷子完整地吞下去，就会有孩子的。”

女人摘下脖子上的项链，项链是用色彩鲜艳的珠子串成的，特别好看，她对鸟儿说：“魔鸟儿，太感谢你了，我把这串项链送你好吗？”小黄雀没有要项链。女人按照小黄雀的要求，在河滩上仔细挑选了一颗光滑的石子送给了它。十个月后，女人果然生了一个女儿，女人给孩子起名叫唐嘉琳丽波，简称唐嘉，意思是“孤零零的南瓜芽”。女人想给丈夫一个惊喜，所以白天一直让女儿藏在家里，只有晚上的时候，才会让女儿出门干活儿。

> **动作、语言描写**
> 此为动作描写和语言描写，女人得到了小黄雀的帮助，便立刻将身上最珍贵的东西送给了小黄雀，表现了女人的知恩图报。

唐嘉因为只在晚上出门，从来没有沐浴过阳光，所以长大之后，皮肤非常白。

一天晚上，唐嘉正在井边打水，正好碰见了自己的父亲，也就是那个女人的丈夫。当时那个女人的丈夫和部落的人刚打完猎，他们一行人只是想向唐嘉讨水喝，结果却被唐嘉深深地吸引住了。他们想知道这么美丽的女子是谁家的姑娘，就跟着唐嘉回到了家。女人的丈夫一看这是自己的家，就走了进来。

语言描写

此为语言描写，表现了丈夫对唐嘉的喜爱，侧面反映了唐嘉的美丽和乖巧。

女人看见自己的丈夫竟然来看望自己，特别激动。丈夫对女人说："那个美丽的姑娘是我们的女儿吗？为什么你从来没有告诉过我，或者那只是我们的亲戚。"

那个女人告诉丈夫，那真的是他们的女儿。现在，女人觉得自己特别幸福，她有了女儿，而且丈夫还很喜欢他们的女儿。整个晚上，女人和丈夫都在商量怎么把女儿介绍给朋友们。这位父亲宰了一头牛，酿了许多啤酒，邀请全部落的人出席女儿的成年宴会。宾客们都要求见一见他刚找到的女儿，但是，唐嘉直到晚上才出席了宴会。唐嘉整个人在月亮下散发着银光，泽伯的儿子姆彭吉一眼就爱上了她。

名师解读

这里写出了女人和丈夫对女儿的重视和喜爱，通过对这位父亲的行为描写表现出他对女儿成人宴的重视，侧面反映了女儿的乖巧可爱。

姆彭吉向父亲说出了自己的心意。但是泽伯却不愿意让儿子娶一个整天躲在屋里的姑娘。泽伯对儿子说："虽然我不愿意让你娶一个到处乱跑的媳妇，但你也不应该娶一个怕阳光的姑娘啊。她白天不能出门，怎么能照顾好你呢？你可是我们唯一的儿子，我不愿意让你受苦。"

姆彭吉听了父亲的话非常沮丧，母亲不忍心看着自己的儿子愁容满面，就说："我就想找一个愿意安心待在家里的儿媳妇。正好我们可以分工合作，她留在家里收拾，我出门干活儿，反正我还有很多精力。”于是泽伯就带着几头牛，去唐嘉家里提亲了。唐嘉的父亲牵了一头顶好的公牛，送给唐嘉作为新婚礼物。

唐嘉聪明、勤快，干活儿很卖力气，而且很快就为姆彭吉生了一个结实、健壮的儿子。她唯一令公公泽伯不满意的地方就是白天从不出屋。然而，听到青年男女们嘲笑自己的儿媳妇是“怕太阳光的女人”，泽伯生气了。

有一天，姆彭吉和伙伴们一起到远处去打猎，唐嘉的婆母去附近的谷地帮忙铺芦苇房顶。泽伯心想：这回没人拦着我管教这个不听话的儿媳妇了。中午，太阳正毒的时候，泽伯让唐嘉到克拉阿尔附近的河边去打水。唐嘉知道丈夫和婆母都不在，就请求泽伯，说：“父亲，等天一黑，我就去打水。”

心理描写

此为心理描写，反映出泽伯对唐嘉的厌恶，为后文唐嘉因泽伯的过错而遭遇险境埋下了伏笔。

泽伯说：“我现在就要喝凉水。”唐嘉又请求泽伯让看孩子的小丫头去打水。

泽伯生气地叫嚷：“非得让我用棍子打你吗？现在就去打水。”

神态、语言描写

此为神态描写和语言描写，表现了泽伯对唐嘉的愤怒和不满，突出了泽伯的不通情理和暴躁。

唐嘉没有办法，只好把孩子交给小丫头。唐嘉拿着水罐和水瓢，往河边走去，唐嘉越想越委屈，开始放声大哭，刺眼的阳光照得唐嘉睁不开眼。唐嘉跪在河边，用水瓢舀水，忽然水瓢一滑，就掉到河里了。唐嘉又直接用水罐舀水，结果水罐也被冲走了。唐嘉没有办法，只好弯腰靠近水面，想用前襟兜点水。就在这时，唐嘉突然感觉自己被一股力量推到了水里。

泽伯看儿媳妇迟迟不回来，就派小丫头去找她。没一会儿，小丫头就回来了，一脸慌张地说她在河边看到了唐嘉的脚印，但是转了好几圈，都没有找到人。

泽伯觉得儿媳妇可能是遇到了危险，可能是被河妖抢走了，他便很后悔自己今天的行为。这边孩子好像也感受到了母亲的危险，也开始号啕大哭。等到唐嘉的婆母回来，知道儿媳妇遇险的事情后，大发雷霆。但是也没有解决问题的办法，只好先喂孩子喝了一点玉米粥汤，把孩子哄睡。

泽伯想如果把公牛送给河妖，肯定就能换回唐嘉。于是就命人把唐嘉的公牛宰了，扔到河里。可是河面除了涟漪什么也没有，不一会儿，连涟漪也没了。泽伯还是目不转睛地盯着水面看。忽然河里传来了唐嘉的声音："请您回去转告我的父母，就说我被河妖抢走了。"说完，河面又恢复了平静。

> **动作描写**
>
> 此为动作描写，表现了泽伯紧张、急切的心情，突出了泽伯的愧疚和忏悔。

在回去的路上，泽伯步子有些踉跄，他愁容满面，实在不知道该怎么面对唐嘉琳丽波的父母，也不知道该怎么告诉他们这个噩耗。

> **名师解读**
>
> 由于泽伯的错误，唐嘉被河抢走了，泽伯内心十分煎熬，他不知该如何面对这个由自己导致的悲剧。

泽伯回到家，告诉妻子："这个方法没用，我没有把唐嘉救回来。"回答他的是妻子的咒骂和孩子的哭喊声。泽伯每天低头坐在板凳上，听妻子念叨："一切都完了，我们家虽然不富裕，但是儿子总归是娶了一个贤惠美丽的妻子，还有一个大胖孙子，一家人生活在一起也算幸福。都是因为你，我们的儿媳妇死了。我看儿子回来了，你怎么交代，就算儿子把你打死，我也不心疼……"泽伯很绝望，他的脑子里只有一个想法：我害死了可怜的唐嘉，现在我的孙子也快被我害死了！

晚上，小丫头紧搂着孩子，想：这个家只有在老头儿、老太太和孩子都睡着的时候，才会安静下来。小丫头有些困，她迷迷糊糊地打盹儿。不一会儿，她就感觉孩子在动弹，他蹬着腿，看样子又要哭。她赶紧站起来，抱着孩子开始晃悠。小丫头怕孩子把两个老人吵醒，这样他们又会开始吵闹了，就赶紧抱着孩子出门了。小丫头抱着孩子一直走到了河边，她沿河岸走来走去，轻轻地唱道：

名师解读

小丫头一人照顾着孩子，感慨着深夜的宁静，而孩子的哭闹，让小丫头心里紧张不已。她害怕家里的老头儿、老太太因孩子而吵闹，便赶紧将孩子抱出门，侧面反映出家庭内部的矛盾。

深更半夜，孩子哭啊哭。
妈妈一会儿就伴着月亮出现。
深更半夜，孩子哭啊哭。

小丫头忽然看见水里走出一个人。小丫头十分害怕，赶紧抱着孩子后退了几步。那人越走越近，小丫头认出那是唐嘉，小丫头听见唐嘉说："让我抱抱我的孩子吧，一会儿我就还给你。"小丫头就把孩子交给了她。

语言描写

此为语言描写，听到小丫头歌声的唐嘉，立刻出现在了两人面前，想要抱抱自己的孩子，表现了唐嘉对孩子深深的爱，突出了母爱的伟大。

于是，母亲就在河边抱着并亲吻自己的孩子，给孩子喂奶。小丫头安心地躺在岸边睡觉。

天快亮的时候，小丫头就抱着孩子回家了，她把孩子轻轻地放到席子上，然后自己挨着孩子躺下。唐嘉请小丫头保守见过她的秘密。

连着三天，小丫头都偷偷带着孩子去见唐嘉，孩子吃饱了自然就不哭了。唐嘉告诉小丫头，如果有人问起孩子平时吃什么，你就说给孩子吃了野果子。

过了几天，姆彭吉打猎回来了，带回了羚羊后腿，又

语言描写

此为语言描写，母亲交代了故事的来龙去脉，再次指出父亲的错误。

肥又大，他兴奋地想向母亲和妻子炫耀自己的战果。

母亲一见姆彭吉就开始哭，吓得姆彭吉赶紧问母亲发生了什么事。母亲说：“前几天，你父亲让唐嘉大中午出去打水，结果唐嘉就不见了。我们找了好久也没有找到。”姆彭吉大发雷霆。泽伯本来就很愧疚，现在更是害怕得不敢见自己的儿子。

姆彭吉问：“她带着孩子走了吗？”

母亲赶紧回答：“没有，孩子好好地在家里呢。”然后就赶紧把小丫头叫出来了。姆彭吉接过孩子。但是很奇怪，妻子不在，没有人给孩子喂奶，孩子为什么还长得白白胖胖的。小丫头感受到姆彭吉质疑的目光，有些局促不安，目光盯着别处，不敢抬头看他，然后就听见姆彭吉问：“你都喂孩子吃什么了？”

阅读笔记

小丫头的声音都在发颤，说：“奶奶喂他粥，我……我喂他野果子。”

姆彭吉一听就知道小丫头在撒谎，他说：“那你现在去拿野果子，当着我的面喂他。”

名师解读

此为动作描写和语言描写，姆彭吉起了疑心，大声质问小丫头。这段描写生动地展现了姆彭吉激动和急切的心情，突出了他对唐嘉的关心。

小丫头拿来了野果子，可是孩子扭来扭去，就是不吃，被喂急了，孩子就开始大哭。姆彭吉抓住小丫头的胳膊，问道：“说实话！是不是唐嘉喂孩子吃奶了，她现在藏在哪里？”小丫头害怕受到责罚，就哭哭啼啼地讲述了这几天发生的事情。

天黑了以后，姆彭吉就带着朋友们来到了河边。姆彭吉把自己绑在皮带上，请朋友们抓住皮带的另一头，告诉朋友们，如果到时候自己抓住了妻子，就请他们拉动皮带，把他拽回来。然后，姆彭吉就藏到了岩石后面，小丫头按照姆彭吉的命令，抱着孩子走到河边，开始唱歌。没一会儿，唐嘉就从水里出来了。

唐嘉感觉有些不安，她问小丫头：“今晚是你一个人来的吗？”

小丫头没有回答，只是急匆匆地把孩子塞到她怀里。姆彭吉一下子就从岩石后面跳了出来，抱住妻子和孩子。唐嘉大喊：“放开我。”远在岸上的朋友们一听见声音，就开始往上拉动皮带，皮带拉着唐嘉和姆彭吉离河水越来越远。姆彭吉的朋友们看见河面越涨越高，还闪着红光，看起来就像一河血水，被吓得扔下皮带，转身就跑。姆彭吉抱着孩子留在岸上，只能眼睁睁地看着河水把自己深爱的妻子带走。水面恢复了平静，姆彭吉失魂落魄地回到家，泽伯告诉姆彭吉，自己曾经听见过唐嘉的声音：请您回去转告我的父母，就说我被河妖抢走了。

姆彭吉想让自己的牛去告诉唐嘉的父母这个消息，可是牛只会哞哞地叫，一点儿也不动地方。姆彭吉又去问狗，狗冲他叫了几声。姆彭吉只好去找公鸡，公鸡答道：

好公鸡，个不大，
干起活儿来，一顶俩，
喔喔喔！
姑娘河边打水去，
结果一去不复返！
老牛哞哞叫——不愿跑远路。
小狗汪汪喊——没法去报信。

动作描写

此为动作描写，通过“急匆匆”一词，可以看出小丫头紧张、愧疚的心理。

名师解读

通过牛和狗的反应，反映出它们不能代替姆彭吉去报信，点出了姆彭吉遇到的困境，为后文公鸡帮忙埋下了伏笔。

公鸡来帮忙——会跑又会飞。

姆彭吉听见公鸡愿意帮忙，特别高兴，答应永远不杀它，命它立刻启程。

一路上有很多危险，不过公鸡凭借自己的聪明才智，把危险一一化解了，顺利地把消息传给了唐嘉的父母。

叙述

这里通过描写唐嘉父母所做的准备，表现了唐嘉的父母对唐嘉的担忧和关爱。

唐嘉的母亲配制了各种制服河妖的魔药草，唐嘉的父亲选了一头肥牛。然后唐嘉的父母就带着牛、药草和公鸡向唐嘉的婆家出发了。

等到月亮升起，唐嘉的家人又在河边举行了一次祭礼。唐嘉的母亲把带来的药草分成了两份，一份烧成了灰，另一份撒在了石头上。河面伴随着小丫头的歌声慢慢地裂开了，唐嘉从水里走了出来，她一到岸上，唐嘉就被父母拉着来到了她的丈夫面前。

叙述

认识到自己的错误的泽伯，再也没有犯过相同的错误，他也改变了对唐嘉的态度，可见他是个知错就改的人。

河面上掀起一个大浪头，不过一会儿就消失了。水面又恢复了平静。

泽伯早就认识到了自己的错误，所以唐嘉的父母就没再指责他什么。从此以后，泽伯再也不敢强迫唐嘉做她不愿意做的事情了。

白天，唐嘉还是一直待在家里，不肯出来。不过泽伯每次听见有人嘲笑唐嘉是“怕太阳光的女人”时，就对他们说：“每只兔子都认识它自己的路。”

精简点评

本文主要讲述了美丽善良的唐嘉因白天不出门的习惯而受到公公的厌恶，后被河妖抢走的故事。唐嘉出于特殊原因，白天一直待在家里，她的公公因此对她产生偏见，总是刁难她。后来，唐嘉在打水的过程中被河妖抢走。幸运的是，在大家的帮助下，她成功地逃了出来。经过这一变故，唐嘉的公公也终于改过自新，不仅改变了对唐嘉的态度，还在他人嘲笑唐嘉时维护唐嘉的尊严。这个故事告诉我们：不要因为心中一时的偏见，就对他人做出无法挽回的错事。

佳词美句

蹦蹦跳跳　愁容满面　大发雷霆

迷迷糊糊　局促不安　哭哭啼啼

忽然她看见土块上有一只小黄雀蹦蹦跳跳的，嘴里还叼着东西。

唐嘉整个人在月亮下散发着银光，泽伯的儿子姆彭吉一眼就爱上了她。

没一会儿，小丫头就回来了，一脸慌张地说她在河边看到了唐嘉的脚印，但是转了好几圈，都没有找到人。

姆彭吉的朋友们看见河面越涨越高，还闪着红光，看起来就像一河血水，被吓得扔下皮带，转身就跑。

阅读思考

1. 女人为什么坐在田埂上发呆？
2. 唐嘉为什么在白天不愿出去？
3. 姆彭吉的父亲为什么不愿自己的儿子娶唐嘉？

性急的狗

语言描写

此为语言描写，交代了狗拜师的原因，表现了狗十分好学的特质，推动了故事情节的发展。

语言描写

此为语言描写，猫听到狗要离开的消息后立刻劝阻，表现了猫想让徒弟多学些本领的心理，表现了猫师傅的无私和责任心。

语言描写

此为语言描写，猫为什么让狗明天走呢？此处设置了悬念，引起了读者的思考，同时为后文的展开埋下了伏笔。

在某个时期，猫的嗅觉才是动物中最灵敏的，因为只有他才可以根据不同的气味来寻找食物，而狗则和其他的动物一样，只能靠眼睛寻找食物。

狗十分羡慕猫的这种用嗅觉觅食的方法，想要拜猫为师。这天，狗来到猫的家里，十分诚恳地说：

“师傅，我太羡慕您用嗅觉觅食的本领啦，您能教我吗？我想学会这个本领，从而更好地觅食。”

猫听了狗的请求后，十分乐意地答应了他，并且让他住在自己家里，十分用心地教导他。

狗的性子比较急，定不下心来，才学了没多久，他就觉得自己什么都学会了。他想要赶快出师，便对猫说：

“师傅，我已经完全学会了您的本领，变得和您一样，可以靠嗅觉寻找食物了，我要离开了。”

猫一听，连忙对狗说：

“你并没有完全学会我的本领，如果想真正变得跟我一样厉害，还需要继续学习，如果现在离开的话，就半途而废了。”

然而，无论猫怎么劝说，性急的狗都坚持自己的决定：他想要立刻离开这里。

看到狗的态度如此坚决，猫想了想，改口说：

“那好吧，既然你如此坚持，那就走吧，但是必须过了今天才能走。”

第二天一早，猫一起来便对自己的妻子说：“要是他过来找我道别，你就对他说我走了，让他自己想办法过来找我。”

果然，狗一起来，就想找师傅辞行，但始终没有找到猫的踪迹，他问猫的妻子：

“我想跟师傅道别，师傅呢？我到处找他都没找到。”

“你师傅去觅食了，这是他留给你的考验，看看你能不能用自己的本领找到他。”

狗十分激动地出发了，他一路上都在回想着自己学到的本领，专心地用自己的鼻子嗅师傅的味道，寻找师傅的踪迹。就这样，狗顺着味道来到了一个地方，这里有十分浓郁的猫的气味，他猜想：师傅一定就在这附近。

这时，猫悄悄地从藏身的地方出来，一连跳过了两块石头，敏捷地在树洞钻进钻出，最后纵身一跃，跳到了一棵猴面包树上，然后安静地坐在上面，仔细观察狗的表现。

动作描写

此为动作描写，通过对猫的一系列动作的刻画，表现了猫的身手敏捷，反映出猫对徒弟的关心和担忧。

狗专心地用鼻子追踪着猫的气味，他跳过石头，钻进树洞，最后来到了猴面包树下，但始终没有发现猫的踪迹，他也没有嗅到猫的味道，他完全失去了方向。

在猴面包树上的猫静静地观察着狗的一举一动，他看到狗已经失去斗志后，大声地喊了起来：

“我在这儿呢，往树上看。”

信心十足的狗大受打击，他太过急于求成，最后如猫所说：半途而废了。他觉得自己已经掌握了猫的全部本领，但没有想到，自己还是没有通过师傅的考验。

猫对狗说：“你只是学到了在地上找东西，却没有学会在树上找东西，这都是因为你太急于求成了啊！”

语言描写

此为语言描写，升华了主题，直接点出在学习的过程中，不能急于求成，否则就会半途而废。

因此，一直到现在，狗虽然嗅觉灵敏，但始终没有学会爬树的本领。

精简点评

本文主要讲述了一只好学的狗向猫拜师学艺，最终却因急于求成而错失了学会猫的全部本领的机会的故事。文中的狗虽然聪明，但过于自信，仅仅跟着猫学习了几天，便觉得自己可以出师了。猫先是劝阻，发现没有用后，便设计了一个小考验，让狗明白：在学习中，不能急于求成。实际上，这是猫作为师傅最后能教给狗的东西，反映出猫对徒弟的尽职尽责。同时也让读者明白：不管是在学习中，还是在日常生活里，我们都不能急于求成、半途而废。

佳词美句

嗅觉　觅食　诚恳　踪迹　半途而废　急于求成

狗十分羡慕猫的这种用嗅觉觅食的方法，想要拜猫为师。

猫听了狗的请求后，十分乐意地答应了他，并且让他住在自己家里，十分用心地教导他。

狗十分激动地出发了，他一路上都在回想着自己学到的本领，专心地用自己的鼻子嗅师傅的味道，寻找师傅的踪迹。

信心十足的狗大受打击，他太过急于求成，最后如猫所说：半途而废了。

阅读思考

1. 狗为什么要向猫拜师？
2. 你能在狗的身上发现优点吗？
3. 狗最后为什么没有学会爬树？

兔子和鬣狗的友谊

从前有一只兔子，他非常想跟鬣狗做朋友，于是主动找到鬣狗，对他说：

“我想跟你做朋友，你可以答应我吗？”

鬣狗听完后摇了摇头，上下打量着兔子说：

“不行，只有强壮、威武的人才能做我的朋友，你个头实在是太小了，我只能拒绝你了。”

兔子听后十分不服气，与鬣狗争辩道：

“这根本就不是问题啊，谁说交朋友就一定要看个头？我虽然个头小，但是身体里蕴藏着巨大的能量，你难道没有听过‘小船桨划大船’的道理吗？”

就这样，兔子和鬣狗成了好朋友。一开始他们相处得还很愉快。一天，兔子提议一起去森林捕猎，他们一起设置了陷阱，还成功抓到了一只野鸡。他们看着野鸡满意地笑了，决定将野鸡烤来吃了，于是准备生火。由于柴火不充足，兔子主动提出自己去找点柴火，让鬣狗看好野鸡。

阅读笔记

但是兔子一走，鬣狗就忍不住将整只野鸡都吃了，连根骨头也没有剩下。鬣狗吃饱后满足地舔了舔嘴角，不禁犯起懒来。

兔子回来后没有看到吃的，便问打盹的鬣狗：

“鸡肉呢？怎么什么都没有了？是谁吃完了？”

鬣狗回答说：“反正我没吃，可能是被火给烧没了吧。”

饥饿的兔子非常生气，他知道鬣狗在撒谎，但是没法拆穿他，只好装作相信的样子：

“我们可是最好的朋友啊，快来，我带你去我父母的庄园里尽情吃喝，他们在里面种了一大片的香蕉，这个时节的香蕉正美味呢！我这就带你去，到时候，你敞开了吃。”

语言描写

此为语言描写，暗示兔子要设计鬣狗，为后文中鬣狗挨打埋下了伏笔。

鬣狗一听，立马跟了上去。他们一起朝着香蕉园走去。在去香蕉园的路上，他们还遇到了一棵结满了果子的无花果树。鬣狗馋极了，但是因为不会爬树，所以只能干着急。这时，兔子主动说：“你就在这儿守着，给我把风，我去树上给你摘果子吃。”鬣狗开心地同意了。

爬到树上的兔子，看到了好多成熟的无花果，于是坐在树上，心满意足地吃了起来。吃饱后，兔子还不断地往口袋里面装无花果。他将青涩的果子摘下来扔给鬣狗，一边扔，一边问：“怎么样？我的朋友，果子好吃吗？”

名师解读

这里通过描写鬣狗的抱怨，点出了兔子对鬣狗的捉弄，突出了兔子睚眦必报的性格特点，同时暗示了这段友谊的结果。

鬣狗苦着一张脸，摇头道：“我连尝都没尝，一看就是生的。”

“唉，上面的都没有成熟啊！”兔子一边说，一边继续往口袋里装果子。他将口袋彻底装满后，才下来继续安慰鬣狗道："走吧！我们往前走走，看还有没有其他的果子。"

鬣狗看了一眼兔子鼓囊囊的口袋，问："你口袋里装的是什么啊？怎么那么满？"

"这里面啊，装的都是我的衣服。"

到了晚上，没找到半点食物的鬣狗饿得肚子咕咕叫，而装了满满一口袋果子的兔子，则在一旁偷偷地享用着香甜美味的无花果。

> **对比**
> 这里运用对比的手法，使鬣狗的惨状和兔子享受的模样形成了鲜明的对比，突出了兔子的心胸狭隘、斤斤计较。

第二天，天亮后，他们终于来到了香蕉园。面对满园丰硕的果实，他们都忍不住口水直流。兔子强忍着自己的口水，对鬣狗说："朋友，你赶紧享用吧。这些可都是我爸爸种的，你看看这黄灿灿的外衣，一看就非常美味。你就放心大胆地吃吧，这里保管让你吃饱。我现在还有点事，需要先离开一会儿，你可得等我啊！"

兔子离开后，转身就找到香蕉园的主人，告知了他鬣狗正在偷吃香蕉的事情。

主人一听，拿上棍子，怒气冲冲地来到了香蕉园。他看到了肚子吃得圆滚滚的鬣狗，立刻挥舞着棍子朝鬣狗走去，边打边叫嚷道：

"让你偷吃我的香蕉，好好的果实全让你给糟蹋了！"

> **动作、语言描写**
> 此为动作描写和语言描写，通过香蕉园主人对鬣狗的打骂，表现了主人内心的愤怒，以及对鬣狗的憎恶。

鬣狗一听，立马狡辩道："这是我好朋友的爸爸的果园，是兔子让我吃的，我没有偷吃。"

鬣狗吃得实在是太饱了，他顶着圆滚滚的肚子，根本跑不动。就这样，鬣狗被香蕉园主人狠狠打了一顿。兔子呢？早就跑得无影无踪啦！

当兔子和鬣狗再次见面的时候，兔子一脸无辜地问鬣狗：

名师解读

此为神态描写和语言描写，陷害鬣狗的兔子装出一副毫不知情的模样，还假惺惺地关心鬣狗，表现了兔子的虚伪。

“我的朋友，你刚刚到底跑到哪里去了，我找你找得好辛苦啊！”

鬣狗一听，内心的怒火更是压不住：“你还问我去哪儿了！明明是你骗我，那片香蕉园根本就不是你爸爸的，你害我被香蕉园主人打得好惨！”

“不，朋友，我怎么会骗你呢？那片香蕉真的是我爸爸种的，只不过是我之前跟父母吵了一架，我们闹翻了，他们再也不允许我进香蕉园了。”说着，兔子还苦恼地皱了皱眉，“好吧，朋友，都怪我事先没有告诉你。现在就让我们忘记之前的不愉快吧，我们依然是最好的朋友。”

重归于好的兔子和鬣狗回到了家。

动作、语言描写

此为动作描写和语言描写，兔子将自己陷害鬣狗的行为编成了一首歌，表现了兔子因为鬣狗的出糗而幸灾乐祸的心理，突出了他对朋友的不真诚。

一天，兔子用一张捡来的兽皮做了一个小鼓，他开心地边敲边唱：

你在香蕉园啊，
挨了一顿打。

鬣狗听后，问兔子：“你唱的是什么歌？”

“这不是回家高兴嘛，随便唱两句。”

鬣狗明白兔子歌词的意思，便也跟着打鼓唱起来：

野鸡原来没烧光呀！
全都被我吃进肚子里。

“你唱的又是什么歌？”兔子问一旁的鬣狗。

“回家高兴呀，我随便哼的。”

“不对，你撒谎。你唱的是你吃完了所有的野鸡，却骗我说是被火烧光了。”兔子激动地朝鬣狗嚷起来。

“明明就是你撒谎，你骗我说香蕉园是你家的，其实根本就不是。香蕉园主人也是你叫来打我的。你把我害得好惨！”愤怒的鬣狗也大声朝兔子喊叫起来，“我一开始就说我们不能做朋友的，都怪你！”

于是，兔子和鬣狗的友谊在彼此的算计和欺骗中结束了，他们再也不是朋友了。

语言描写

此为语言描写，表现了鬣狗的愤怒与抱怨。他们之间的友情以算计开始，最终又以算计结束，那他们是真正的朋友吗?

精简点评

本文主要讲述了兔子和鬣狗成了朋友，但因彼此设计坑害对方，而一拍两散的故事。鬣狗一开始就提出了两人不匹配，但因为兔子能给自己带来好处，所以答应了兔子。兔子因鬣狗的一次错误而斤斤计较，后来更是三番两次设计坑害鬣狗，说明兔子十分虚伪与狡诈，他也没有真心将鬣狗当作朋友。这个故事告诉我们：真正的朋友应该是坦诚相待、诚恳相交的，因一时的利益而得来的友谊，并不长久。

佳词美句

蕴藏　打盹　青涩　鼓囊囊　黄灿灿　怒气冲冲

但是兔子一走，鬣狗就忍不住将整只野鸡都吃了，连根骨头也没有剩下。鬣狗吃饱后满足地舔了舔嘴角，不禁犯起懒来。

鬣狗馋极了，但是因为不会爬树，所以只能干着急。

爬到树上的兔子，看到了好多成熟的无花果，于是坐在树上，心满意足地吃了起来。吃饱后，兔子还不断地往口袋里面装无花果。

第二天，天亮后，他们终于来到了香蕉园。面对满园丰硕的果实，他们都忍不住口水直流。

阅读思考

1. 鬣狗为什么一开始不愿与兔子做朋友？
2. 兔子的性格特征是什么？
3. 你觉得朋友之间最重要的是什么？

兔子和野兽

从前，在苏丹的领地中，水资源非常的缺乏。为了大家的生计，苏丹下令：所有的野兽都集合到这儿来挖井。接到命令的野兽们纷纷过来报名参加，只有兔子不乐意。苏丹知道这件事后，毫不在意地说：

“没事，一只小小的兔子而已。不用管他，你们努力工作就好！”

野兽们很快便挖好了一口井，他们平时用的都是井里的水。母兔看到了，忍不住对兔子说：“你之前偷懒，不愿去挖井，现在我们怎么喝水？”

只见兔子耸耸肩膀，轻松地说：“当然是去新挖好的井里打水啦！”

母兔见状，也不好再说什么，摇摇头，走了出去。

兔子要去刚挖好的井里打水的事情，很快就被野兽们知道了。他们聚在一起商量，决定要坚决守护好这口井，若是兔子真的来这里偷水喝，那他们就抓住他，顺便给他点颜色看看。

第一天，是身体高大的鬣狗负责守井。他信誓旦旦地对大家说：“放心吧，今天的水井交给我来守卫，我半分钟都不用就把那只小东西按倒在地，别说让他偷水了，我要让他有去无回。”之后，鬣狗独自守着井。

天渐渐黑了，兔子看了看天色，一只手拿着一个空空的圆罐子，另一只手拿着装有蜂蜜的罐子出了门。他来到井边，看到了独自守在井边的鬣狗，主动上前对鬣狗说：

语言描写

此为语言描写，可以看出苏丹根本没有将兔子放在眼里，表现了苏丹的傲慢。

动作描写

此为动作描写，表现了母兔对兔子的无奈，突出了兔子的好逸恶劳。

阅读笔记

“你先别激动，我不是来打水的，我只是要从这里经过，难道这也不可以吗？”

“你过去吧，赶紧的，快点！”鬣狗听完，说道。

“你们拿井里的水当宝贝，我可不稀罕，这水没滋没味的，有什么好喝的？我手中的这个，可就不一样了，那可是非常的甜啊！”

鬣狗一听，口水快要流下来了，他赶忙向兔子说：“你能让我尝尝里面的水吗？我想看看有什么不一样。”

语言描写

此为语言描写，鬣狗禁不住兔子的诱惑，被兔子牵着鼻子走，表现了鬣狗的贪婪和愚蠢，突出了兔子的聪明和机智。

兔子十分爽快地答应了鬣狗的请求，他捧着罐子，小心地把一滴蜂蜜滴到了鬣狗的嘴里，刚刚尝到甜头的鬣狗，不满足地说：

“再给我尝一点吧！确实与众不同，非常甜！”

兔子知道自己的计划就要成功了，他狡黠地对鬣狗说：

“当然没有问题，但是我这水可是很神奇的，为了你的安全呢，我需要先把你绑在树上，以免你被我的水给甜晕过去。”

“没事，你来吧，为了甜水，我怎样都可以，但你捆的时候可得轻点啊。”

语言描写

此为语言描写，鬣狗完全上了兔子的当，他就这样听从了兔子的指挥，表现了鬣狗的蠢笨。

就这样，身材健壮的鬣狗被娇小的兔子紧紧捆在了树上，兔子得意扬扬地说：

“我的水可不能白尝，现在该轮到你给我水了。”

兔子一边说着，一边捡起地上的树枝狠劲儿抽打着鬣狗。第一天，兔子顺利从井中取走了水。

愚蠢的鬣狗被捆了整整一夜，直到第二天才被大家发现，大家把他救了下来。看到鬣狗这副模样，大家忍不住问道：“你怎么这么狼狈？”

“昨天晚上，经过这里的野兽实在是太多了，我寡不敌众，被他们绑住了。”

“很多野兽？到底是有多少？”狮子听完，追问道。

“太多了，多到我都数不过来！”

狮子一听，便怀疑起鬣狗的说辞，他摇摇头说：“绝对不可能，如果真有那么大的动静，我们肯定能听到。你一定是被狡猾的兔子绑起来的。”

“我看这样吧，今天晚上就由我来守井，我一定会逮住那只可恶的兔子，你们安心地回去睡觉吧！”就这样，狮子独自守在了井边，其他的野兽纷纷回到了家中。

狮子埋伏在井附近的灌木丛中，耐心地等待着前来偷水的兔子。

与昨天同样的时间，兔子拿着空罐来到了井边，他一边打量四周，一边敲打着井边，说：“我来取点水，行不行啊？守井的在不在啊？”

狮子其实早就看到了兔子，也听到了兔子说的话，但他一直没有动作，仍然在灌木丛中观察兔子的一举一动。

兔子看周围没有动静，接着说：“我打这水，其实就是为了洗澡，我才不愿喝这井里的水，一点儿滋味都没有，太难喝了。我自己的水可是很甜的，好喝极了！”

藏在灌木丛中的狮子，还是没有任何反应。

兔子见状，松了一口气，放心地去井边打起水来。这时，狮子突然从旁边蹿了出来，一下将兔子按倒在地。

兔子害怕极了，哭着向狮子解释道：“我真的一点儿

语言描写

此为语言描写，上了兔子的当的鬣狗，并没有将真实情况告诉野兽们，反而撒起了谎，表现了鬣狗心虚、爱面子的性格特征。

动作、语言描写

此为动作描写和语言描写，通过描写兔子一系列的动作，表现了兔子小心谨慎、聪明的性格特征。

名师解读

被狮子抓住的兔子，并没有陷入慌乱，反而用言语迷惑狮子，使他放松警惕，从而突出了兔子的狡猾、奸诈。

阅读笔记

都不稀罕这井水，我自己的水可甜了，我才不要喝这口井的水。”

狮子一听，也对兔子的水动心了。他命令兔子赶快将水给自己喝，否则就直接将他一口吞了。

兔子小心翼翼地往狮子嘴里滴了一滴蜂蜜，狮子一尝，果然好喝，于是又向兔子要求道：“快，再给我喝点，我便放了你。”

只见兔子的耳朵动了动，说：“我这水十分神奇，喝多了怕是要甜晕过去。为了您的安全着想，我需要将您先捆在树上，然后再喂您喝。”

狮子不假思索地答应了，然后被狡猾的兔子牢牢地捆在了树上。等他向兔子求水喝的时候，兔子却翻脸不认人。

“哼，你都被捆住了，还来要我的水喝。你觉得我还会给你吗？”

兔子打完水，顺便洗了个澡，就回家了。

狮子和鬣狗一样，直到第二天的早晨才被大家发现，被解救了下来，鬣狗一看狮子的惨样儿，大笑起来，说：“没错吧，野兽是很多吧！”

神态、语言描写

此为神态描写和语言描写，表现了狮子内心的悔悟和愧疚，突出了兔子的狡诈。

狮子羞愧地低下了头，难为情地说：“唉，都怪我，是我太大意了，一不小心着了他的道儿。”

这时，乌龟站了出来，他主动请求负责今晚的守井任务。乌龟既没有像鬣狗一样站在井边，也没有像狮子一样藏在灌木丛中，而是藏到了井底，静静地等待兔子的到来。

在同一时刻，兔子再次来了。他先是敲着井问有没

有人，然后说自己要弄点洗澡水。乌龟听后一动不动。

兔子装满水后，还想着下井去洗澡，不料他刚踏进一只脚，便被乌龟狠狠地抓住，兔子立马故技重施，哭起来："这是谁啊？我不稀罕这里的水，快放开我呀，我还有甜滋滋的宝贝水，我可以给你尝尝。求求你，放开我吧！"

动作、语言描写

此为动作描写和语言描写，被乌龟抓住的兔子想要再次施展之前的计策，表现了兔子的侥幸心理。

听到这些的乌龟不为所动，反而将兔子抓得更紧了。挣扎中，兔子的另一只脚也伸到了井里，也被乌龟抓到了。兔子费尽力气也没能挣脱乌龟的钳制，一直到第二天的清晨。

野兽们来到井边，看到了被乌龟擒住的兔子，大家一起将兔子压送到了苏丹的面前。

苏丹打量着兔子，问道："当初大家都在挖井的时候，你不愿挖井，现在却来偷大家的井水喝，你为什么要这样做呢？"

"你直接将我绑了吧，这样我就会如你所愿，慢慢死去的。"兔子悲伤地看了苏丹一眼，回答说。

语言、神态描写

此为语言描写和神态描写，暗示读者，兔子在假装示弱，从而寻求逃脱的机会，表现了兔子的狡猾。

于是，苏丹下令将兔子捆了起来。

被捆起来的兔子望着苏丹说："你直接用香蕉绳捆，然后把我扔到太阳下暴晒，我就会更快地死去。"

很快，兔子被野兽们用香蕉绳捆好，扔到了太阳底下。他就这样一连晒了几小时，绳子发出了咔嚓咔嚓的声响。野兽们见状，立刻向苏丹报告，说兔子就快要挣脱开绳子了。

兔子在太阳底下惨叫起来："求求你们了，将我放了吧，我真的快要不行了，我要死了！"

语言描写

此为对兔子的语言描写，表现出了兔子演技的高超和逼真。

大家听后，都以为兔子真的快死了，于是都放松了警惕。兔子也利用这个空当，奋力挣开绳子逃走了，野兽们没能追得上他。

精简点评

本文主要讲述了偷懒的兔子，三次偷井水后被抓，最后又成功逃脱的故事。兔子好逸恶劳，大家在辛苦地挖井的时候，他在家里偷懒。当他想要喝水的时候，又跑去偷井水喝。兔子为了自己能够成功取走井水，还想了计策，头两次因为鬣狗和狮子的大意，兔子成功取走了水。第三次时，兔子被坚定的乌龟抓住了。不过，狡猾、奸诈的兔子最后还是利用大家的大意，成功逃脱了。这个故事告诉我们：面对狡诈的人，我们要打起十二万分的注意，千万不能掉以轻心。

佳词美句

毫不在意　信誓旦旦　有去无回　得意扬扬　寡不敌众

只见兔子耸耸肩膀，轻松地说："当然是去新挖好的井里打水啦！"

天渐渐黑了，兔子看了看天色，一只手拿着一个空空的圆罐子，另一只手拿着装有蜂蜜的罐子出了门。

就这样，身材健壮的鬣狗被娇小的兔子紧紧捆在了树上，兔子得意扬扬地说："我的水可不能白尝，现在该轮到你给我水了。"

狮子埋伏在井附近的灌木丛中，耐心地等待着前来偷水的兔子。

阅读思考

1. 兔子为什么能从鬣狗和狮子的手中逃脱？
2. 兔子的性格特征是什么？
3. 鬣狗被救下来后，为什么会说谎？

老鹰抓小鸡

从前有一只老鹰，他有一个儿子，名叫拉西希。拉西希生了非常严重的疾病，老鹰为儿子到处求医，却始终没有找到医治儿子的办法，慢慢地大家都知道了这件事，都想帮老鹰一把。

语言描写

此为语言描写，来人主动找上老鹰夫妇，承诺自己推荐的医生必定能医治好老鹰儿子的病，表现了这个人的自信，同时推动了故事的发展，为后文做了铺垫。

正当老鹰夫妇束手无措之际，有一个人找到了他们，对他们说："我知道有一个名医，一定能治好你们儿子的病，他是我的朋友，医术十分高超，治好了许多比你们儿子病得还重的病人。但是，如果想请他过来，你们必须先支付给我酬金。"

老鹰听完，没有丝毫迟疑地回答：

"当然没有问题，但是如果你说的朋友，没有治好我儿子的病，怎么办？"

那个人似乎胸有成竹，自信地说：

"要是我的这位朋友没能医治好你儿子的病，我便立刻将酬金还你。"

名师解读

蜘蛛答应为拉西希看病，却要求那个人与自己同去，蜘蛛交代了提出这个请求的原因，而后文那个人的回答反映出他的自私和多疑。

于是，老鹰将酬金付给了那个人，那个人便去请医生过来。

原来，那个人口中医术了得的医生就是蜘蛛。那个人到了蜘蛛家，说：

"我知道您的医术高明，一定可以治好老鹰家的儿子。如果能治好，老鹰一定有重谢。"

蜘蛛答应了那个人的请求，只是他对那个人要求道："我需要你跟我一起去，若是我自己上路，万一遇到了母鸡，我的性命就不保了！”

那个人一听，有些疑惑地问：“难道你们之间有什么矛盾吗？”

蜘蛛向他解释说：“你不知道吗，母鸡昨天就放言说要吃掉自己遇到的所有昆虫，我是昆虫中的一员啊！”

然而，那个人根本不相信蜘蛛所说的话，他觉得蜘蛛就是懒得走路，想要让一个人驮着他。他并没有答应蜘蛛的请求，坚持让蜘蛛独自去老鹰家。

万般无奈的蜘蛛，只好背着药箱，孤身朝老鹰家走去。但是，快要到老鹰家的时候，蜘蛛还是遇到了母鸡。即使蜘蛛小心地躲在了草丛里，也还是被母鸡找到了，蜘蛛就这样命丧母鸡之手。母鸡在弄死了蜘蛛后，又和她的孩子们一起将蜘蛛分着吃了，蜘蛛的药箱也被弄开了，药粉撒得满地都是。

名师解读

前来为拉西希看病的蜘蛛医生就这样遭遇了不测，没有医生医治的拉西希又将会怎样？老鹰会因此与母鸡结怨吗？

就这样，在家苦苦等待的老鹰，一直没有等来那人口中的医生，他怀疑自己被那人骗了，便决定直接去找那人算账。

老鹰刚出发没多久，便在地上看到了敞开的药箱、破碎的药瓶以及满地的药粉。老鹰还在旁边的草丛里发现了一封信，信上写着：“有人让我去给老鹰的儿子拉西希治病，我得赶紧过去，不然拖的时间太久，拉西希就会

语言描写

此为语言描写，蜘蛛的信件传递给老鹰的重要信息，为后文老鹰找母鸡报仇埋下了伏笔。

阅读笔记

病死的。”

老鹰看完后，还是不知道到底出了什么事情，只能拿着那封信回家。没过多久，老鹰的儿子就病逝了。后来，老鹰才从那个人嘴里得知，是母鸡将蜘蛛医生给杀害了，于是他决定找母鸡和小鸡们报仇。老鹰向人和动物们发了一则通告：母鸡和小鸡害得我的儿子惨死，他们是我们永远的敌人，若是你们谁碰见母鸡和小鸡并杀死他们的话，老鹰必有重谢。

从那之后，老鹰和母鸡之间的仇怨越来越深，那个人也十分憎恨母鸡，都是因为她，才使得自己失信，还害了自己好友的性命。

一旦人抓到母鸡，母鸡就会大声叫嚷道：“我没有！我没有！”就好像是在向那人解释，自己并不是故意的，她没有想到会害死老鹰的儿子。

这时，在高空注视着这一切的老鹰，就会高声喊着自己儿子的名字，好像在说：“儿子，父亲帮你报仇了！”

> **语言描写**
> 此为语言描写，通过老鹰对母鸡的态度，表现了老鹰对儿子深深的爱，也突出了老鹰和母鸡的仇怨之深。

这便是老鹰抓小鸡的来由，你知道了吗？

精简点评

本文主要讲述了老鹰与母鸡结怨的故事。作者生动地刻画了故事中的每一个形象，其中最突出的便是人的贪婪和自私，以及老鹰对儿子深深的爱。人的错误决定间接导致了蜘蛛被母鸡害死，老鹰的儿子更是因此丢失了性命。这个故事告诉我们：不要因为怕麻烦就拒绝别人的请求，更不要根据自己的想法去猜测事情的真实性。

佳词美句

酬金　敞开　病逝　仇怨　胸有成竹　万般无奈

于是，老鹰将酬金付给了那个人，那个人便去请医生过来。

然而，那个人根本不相信蜘蛛所说的话，他觉得蜘蛛就是懒得走路，想要让一个人驮着他。他并没有答应蜘蛛的请求，坚持让蜘蛛独自去老鹰家。

即使蜘蛛小心地躲在了草丛里，也还是被母鸡找到了，蜘蛛就这样命丧母鸡之手。母鸡在弄死了蜘蛛后，又和她的小鸡们一起将蜘蛛分着吃了，蜘蛛的药箱也被弄开了，药粉撒得满地都是。

从那之后，老鹰和母鸡之间的仇怨越来越深，那个人也十分憎恨母鸡，都是因为她，才使得自己失信，还害了自己好友的性命。

阅读思考

1. 老鹰为什么要找母鸡报仇？
2. 蜘蛛是怎么死的？
3. 人为什么没有答应蜘蛛的请求？

狡猾的豺狼

语言描写

此为语言描写，射中野兽的豺狼忍不住得意忘形，他的反应使得狮子心中不满，为后文埋下了伏笔。

语言描写

此为语言描写，豺狼面对凶狠的狮子，立马改变了自己的态度，表现了豺狼见风使舵、善于伪装的性格特征。

很久从前，狮子和豺狼是一对朋友。一天，他们约好一起打猎。在打猎时，他们遇到了一头体形庞大的野兽，狮子看了看自己的弓箭，自信满满地朝野兽射了一箭，却射偏了。豺狼也朝野兽射了过去，一下子就射中了，他高兴地叫起来：

“射中了！射中了！真是太好了！”

狮子见状，皱起了眉头。他恶狠狠地瞪了豺狼一眼，豺狼马上改口说：

“天哪！老大，您太厉害了！一箭就射中了，猎物是您的啊！”

狮子和豺狼一起寻找刚刚射中的野兽。在路上，豺狼看到了狮子之前射偏的箭，装作什么都没有看到的样子，反而一脸谄媚地看着狮子。当他们走到岔路口的时候，豺狼主动对狮子说道：

“老大，您真是太辛苦了，赶紧先歇会儿吧，我来帮您找刚刚射中的猎物。”

狮子听到后停下休息，让豺狼独自去寻找猎物。装作寻找猎物的豺狼，渐渐地越走越远，他警惕地看了一眼四周，之后便迅速打伤了自己的鼻子，鲜血直往外流，然后回去找到狮子说：

“老大，虽然我没有找到您射中的猎物，但是在路边发现了它受伤留下的血迹，相信沿着这条血迹，您一定很快就能找到他的。我去别的地方再看看。”

豺狼在其他地方，很快找到了猎物的踪迹，而狮子走了很远，却什么都没有发现。找到了猎物的豺狼立刻开始享受这份美味的大餐，他边吃边满足地摇晃着自己的尾巴来。不料这时，狮子找到了他。狮子看着眼前豺狼享受的模样，十分生气。他一把抓住了豺狼的尾巴，将豺狼摔倒在地。狮子正要向豺狼兴师问罪，不料豺狼委屈地哭了起来：

“老大，您怎么能这么对待忠心耿耿的我呢？我只是在为您挑选最上乘的肉啊！您这样对我，真是对我的侮辱！”

“是这样吗？那要不然这样吧，我们把自己的老婆叫过来，一起享用猎物吧！”狮子听完后，有些愧疚地说。

“好啊，老大，您坐下歇着，这种跑腿的小事还是交给我吧！”豺狼一脸讨好地说。

于是，狮子坐在地上，等待自己的老婆。豺狼也在这时，拿了两块肉去请狮子的老婆和自己的老婆。他先是到了狮子的家。他看到小狮子后，将自己手中那块劣质的肉递给了小狮子。

然后豺狼回到了自己的家，将自己的老婆带去猎物那里。狮子的老婆看到后，也想跟着一起去。豺狼却对她说：

“您耐心在家等着就行，狮子会亲自回来接您的。您看，就像我回来接我老婆这样。”

豺狼在和老婆去猎物那里的途中，故意钻到了荆棘丛里，将自己弄得满身是伤，他来到狮子面前，惨兮兮地对狮子说：“老大，我到您家里去请您老婆，但是她不信

语言描写

此为语言描写，通过描写豺狼对狮子的解释，表现了豺狼能言善辩、奸猾狡诈的性格特征，为后文中豺狼再次陷害狮子做了铺垫。

名师解读

豺狼按照自己的计划，先来到了狮子的家里，他并没有如自己所说邀请狮子的老婆去猎物那里，反而只是将手中的劣质肉递给了小狮子。如此一来，既增加了自己所说的话的可信度，又为自己以后的计划做了准备。

我所说的，还将我抓得满身是伤，您还是亲自回家请她过来吧。”

狮子一听，对自己老婆的行为十分不满，怒气冲冲地回了家。

留在原地的豺狼和他老婆，赶紧搬来很多的石头，并将它们垒在一起，然后将猎物放在了石堆之上。豺狼和老婆一起爬到石堆上等着。

语言描写

此为语言描写，表现了豺狼虚伪、狡诈的性格特征。

豺狼看到狮子带着自己的老婆来了，便对狮子喊道：“老大，您快看，我用石头垒了一座高塔，把肉放上面，就不怕有其他动物过来抢了！”

狮子一看，果然是这样，他点点头，满意地对豺狼说：“你做得不错，让我上去看看吧！”

“老大，我这就用绳子拉您上来，您小心啊！”

豺狼朝狮子扔下早就准备好的绳子，狮子用绳子紧紧绑在自己身上。但是等到豺狼快要将狮子拉上去的时候，豺狼又悄悄地割断了绳子，然后慌张地对狮子说：“老大，您太重啦！绳子支撑不住啊！我马上换一根新绳，重新拉您上来。”

动作、语言描写

此为动作描写和语言描写，展现了豺狼精于算计、善于伪装的一面，为后文狮子被陷害埋下了伏笔。

豺狼偷偷地让老婆将准备好的旧绳子扔给狮子。狮子用旧绳子将自己绑好后，豺狼继续向上拉。卑鄙的豺狼对狮子喊道：

“哎呀，老大，还是不行啊！要不然您直接抬着头，我喂给您吃吧！老婆，快，给老大准备一块最好的肉！”

豺狼表面上这样说，暗地里却让他的老婆准备了一块被火烧得通红的石头。豺狼在石头的表面抹了一层油，使那块石头看上去就像是一块烤得冒油的上等的肉。

豺狼一边卖力地继续往上拉狮子，等狮子快要上来的时候，豺狼对狮子说："老大，这绳子快要撑不住了，再继续往上拉的话，一定会断的。这样吧，您现在张开嘴，我这就把烤好的肉喂到您的嘴里。"

狮子顺从地张开了他的大嘴，不料，豺狼非但没有将烤肉放到狮子的嘴里，反而将那块烧红的石头扔到了他的嘴中。毫无防备的狮子，就这样被烫得嚎叫起来，豺狼见状，嘴边扬起了一抹狡猾的笑，他接着对狮子说：

"老大，烤肉太烫了吗？您赶紧去河边喝点水，这样就可以把烤肉吞下去啦！"

动作描写

此为动作描写，表现了豺狼的冷酷和残忍，也表现了豺狼的狡猾和奸诈。

精简点评

本文主要讲述了狡猾的豺狼用自己的伪装，骗取了狮子的信任，并成功从强大的狮子手中夺回猎物的故事。本文一开头，作者便为我们交代了豺狼和狮子一同打猎的事情，面对强悍的狮子，豺狼即使射中了野兽，也不得不将自己手中的猎物拱手相让。但是面对这样的结果，豺狼并没有受挫，反而成功骗取了狮子的信任，最终将猎物夺了回来。这个故事告诉我们：面对实力差距比较明显的敌人，我们可以暂时委曲求全，用示弱消除对方的戒心，进而攻破对方的防线，取得最终的胜利。

佳词美句

谄媚　恶狠狠　自信满满　兴师问罪　忠心耿耿

在打猎时，他们遇到了一头体形庞大的野兽，狮子看了看自己的弓箭，自信满满地朝野兽射了一箭，但是射偏了。

留在原地的豺狼和他老婆，赶紧搬来很多的石头，并将它们垒在一起，然后将猎物放在了石堆之上。豺狼和他老婆一起爬到石堆上等着。

阅读思考

1. 豺狼为什么要算计狮子?
2. 豺狼具有哪些性格特征?
3. 你从本文中学到了什么?

姐弟俩智斗野人

从前，有一个姑娘不小心被凶残的野人抓走了，这个野人非常喜欢吃人。一天，姑娘趁着野人外出时，偷偷逃走了。不料野人很快就回来了，他立马追了出去，很快，可怜的姑娘被野人再次抓了回去。等待着姑娘的将会是什么呢？她会被野人吃掉吗？

疑问句

这里连续使用两个疑问句，引起了读者对姑娘命运的担忧与好奇，同时也推动了故事情节的发展，引出下文。

野人在外面打猎的时候，看到了正在放羊的小孩儿，他和其他野人商量，要趁着大雾渐浓的时候，偷走小孩儿的一只羊。野人成功地偷到了羊，并将羊带回了家。野人将羊拴好后，对一旁的姑娘嘱咐道：

“我和其他人要一起出去打猎，你自己在家，千万不要把羊烤着吃了。否则，其他野人闻到味道，会过来把你抢走吃掉的。”

野人刚走的那两天，姑娘一直谨记野人的交代，但是随着时间越来越长，姑娘实在饿得受不了了，最后忍不住将羊烤着吃了。烤羊肉的香味不一会儿便飘了出来，另外一群野人闻到后不禁流下了口水，他们互相询问：“这是哪里传来的味道？好香的味道，这是烤羊的香味，快找找是从哪里飘过来的。”

野人们用鼻子嗅烤肉的香气，一直寻味来到了姑娘刚刚烤羊肉的地方。

名师解读

饥饿的姑娘还是没有听野人的话，烤羊肉的香气也真的如野人所说，引来了其他的野人。野人们找到了姑娘藏身的地方，他们会做些什么呢？姑娘又会受到什么样的对待？

原来姑娘住在一面峭壁的岩洞中，这个岩洞只会听从主人对它的命令。野人们跟随着烤羊肉的香味，来到了姑娘居住的岩洞旁，但岩洞紧闭着。其他野人想了个办法，其中一个野人站出来，对岩洞说道："岩洞啊，快把门打开，你的主人回来了，快点开门！"

名师解读

野人并没有因此放弃，为了进入岩洞，他甚至用烧红的石铲烫自己的喉咙，进而改变自己的声音。由此可见，这群野人不仅心狠手辣，还非常聪明、难以应付。

姑娘一听，便知不是野人，她愤怒地对外面的野人喊道：

"你不是主人，你们这帮凶残的野人，快滚开！别再说谎了，骗不到我的，快滚吧！"

野人见状，不甘心就此回去，他便用一把烧红了的石铲烫向自己的喉咙，被烫过的喉咙可以发出不同的声音。于是他又来到了岩洞前，压着自己的嗓子，伪装成跟主人一模一样的声音说："岩洞！我是你的主人，开门吧，我打猎回来了！"

野人刚刚说完，岩洞就打开了，这群野人立刻闯进岩洞里。他们将所有的羊肉吃完后，直勾勾地盯着一旁的姑娘，姑娘不住地颤抖，连哼都不敢哼一声。野人们满足地抚摸着自己圆滚滚的肚子，决定要外出打猎。他们对姑娘说："你就在这儿好好等着，等我们打猎回来，就过来接你。"

心理描写

此为心理描写，独自留在岩洞中的姑娘，从被吃光的羊，联想到自己的处境，表现了姑娘紧张、害怕的心理，侧面反映了野人的凶残和野蛮。

野人们走后，姑娘内心恐惧不已，她想到被野人们吃光的羊，害怕地想："若是野人回来后，发现羊被吃了，他一定会生气得吃了我的。不如我趁现在，赶紧逃跑吧！"姑娘拿起一个装着玉米的瓦罐，跑了出去。

姑娘刚走没一会儿，野人便打猎回来了，他对着岩洞喊：

"岩洞！岩洞，我打猎回来了，快把门打开！"

但是岩洞没有半点反应，而且里面也没传出一点声音。野人不放心地又试了一次，依旧没回应。野人想，姑娘肯定又趁自己不在逃走了，于是他叫上了自己的伙伴，一起追逃跑的姑娘。

为什么姑娘逃跑时还不忘拿上玉米呢？原来是因为野人特别爱吃玉米。姑娘拿着瓦罐，一边跑，一边在路边撒玉米粒，由此来为自己争取更多的逃跑时间。前来追捕姑娘的野人们果然中计了，他们在路边吃起玉米来，无心再追姑娘，野人们被姑娘越甩越远。

当野人们将路上的玉米吃完后，姑娘早已跑到了很远的地方。精疲力竭的姑娘不得不停下来休息，她爬到了一棵树上，躲藏起来。没过一会儿，野人们也跟随她的踪迹，来到了姑娘藏身的树下休息。

有些沮丧的野人不由得叹起气来。一个野人无意间一抬头，发现了躲藏在树上的姑娘。他立刻兴奋地叫嚷起来："我看到啦！她就躲在树上，她就躲在树上！"

原本在树下休息的野人们，马上都拿起了斧头，朝大树砍去，但是每次当他们快要将大树砍倒的时候，树根总会紧紧扣住大地，不论野人们怎么摇晃，大树就是倒不了。

与此同时，在离这里很远的地方，姑娘的弟弟梦到了自己的姐姐正在被野人追赶，即将被野人吃掉。醒来后，他朝着自己梦中的姐姐藏身的地方赶去。他走着走着，碰到了正在砍树的野人们，弟弟上前向野人们问道：

"你们在干什么啊？为什么要在这里砍树？"

"因为我的女儿就在树上啊！她被困在上面，下不来了，快来帮帮我们吧，快些将她救下来。"一个野人这样说。

弟弟听后，抬头朝树上看去，却看到了自己的姐姐。弟弟明白了一切，他对野人说："这样啊！我这就帮你把

阅读笔记

语言描写

此为语言描写，野人谎称是为了救自己的女儿才砍树，表现了野人的奸诈和狡猾，同时设置悬念：弟弟能发现树上的姑娘就是自己的姐姐吗？

环境描写

此为环境描写，营造了一种安静、祥和的氛围，为后文做了铺垫。

阅读笔记

女儿救下来。”

弟弟敏捷地爬到了树上，跟姐姐会合后，他悄悄拉住姐姐的手，两人继续往更高的地方爬去。原来这是一棵参天大树，姐弟两人沿着树梢，一直爬到了天上。他们在天上发现了一个特别漂亮的地方，这里还有一座十分美丽的绿色的房子，房子内的摆设干净整洁。他们通过窗子往下看，一眼就看到了野人们聚集在树下的场景。姐弟俩不敢就这样下去，干脆在屋子里住了下来。弟弟在周围乱逛的时候，还发现了一头牛。姐弟俩将牛宰了，把牛肉烤来吃了，还把剩下的牛皮摊在地上晒干。

烤牛肉的香气，渐渐传到了地面上，野人们嗅着香味，努力寻找它的来源。有一个野人无意间抬头，发现了天上的绿房子。他们看着绿房子流下了口水。

弟弟看着地下的一群野人，突然指着其中的首领问姐姐：

“那个野人就是把你抢走的那个吗？”

“对，就是他，他对我非常凶。如果让他上来见识见识你的厉害——野人最怕你手中的长矛了，他肯定就不会再想要吃我了，而且一定还会乖乖听我们的话。”姐姐激动地说。

语言描写

此为语言描写，通过姑娘的回答，说出了野人怕长矛这一重要信息，从而为后文埋下了伏笔。

“姐姐，那你可以将他们引过来吗？”

“我们可以把晒干的牛皮做成坚韧的绳子，然后将他拉上来。”

弟弟便将一块牛皮做成了长长的绳子，然后将绳子的一头扔到了那个野人面前，对他说：“地上的朋友，你想要吃烤牛肉吗？想吃的话，就拉紧绳子，我来将你拉上来。”

那个野人对弟弟的话十分心动，口水更是止不住，但是他看着绳子，有些担忧地问道：“这根绳子实在是太细了，我爬上去，绳子一定会断的，这样我一定会被摔死的！”

“你就放心吧！这根绳子可是用牛皮做成的，非常坚韧，怎么也不会断的。你就放心地往上爬吧！”

野人虽然有些担心，但是还是抓住绳子，往上爬去。当野人爬到一半的时候，弟弟突然松开了手中的绳子，野人就这样直直地从半空中摔了下去。野人直接被摔得大声痛哭起来：“天哪！我要被摔死了，我的屁股好痛啊！你怎么突然松手了？”

姐姐看到弟弟的做法后，担心野人不再上当，便问弟弟：

“你刚刚是故意的吧？你应该等他上来，再好好折磨他啊！万一他有了戒心怎么办？”

“不会的，我只是想先惩罚惩罚他，等他上来后再折磨他。”弟弟解释说。

“喂，不要再大声喊了，否则会被其他人发现的，你也不想牛肉被其他人抢走吧？对不起，刚刚手滑了一下，导致绳子掉了。我一定会加倍小心的。”

野人听后止住了声，随后默默抓住了绳子，再次向上爬去。这一次，野人顺利爬到了姐弟俩的位置，两人合力将野人拉到了天上。野人之前狠狠摔了一跤，然后又向上爬了很长的时间，早就累得精疲力尽，完全失去了反抗的能力。野人来到房子内，便被姐弟俩勒令只能蹲在房

心理、语言描写

此为心理描写和语言描写，表现了野人的贪婪和谨慎，为下文弟弟松开绳子做铺垫。

名师解读

野人爬到了半空中时，弟弟突然生出捉弄野人的念头，随后松开绳子，让野人直接摔了下去。此处突出了弟弟的顽皮和野人的愚蠢。那么，野人被这样对待后，还会继续听弟弟的话吗？

名师解读

一向凶悍的野人，此时便只能乖乖地蹲在角落里，他被姐弟俩压制得死死的。姐弟俩也没有因为野人的求饶就放松警惕。姐弟俩同心协力打败了野人。

子的角落里。野人一脸委屈地看着姐弟俩吃香气四溢的烤肉。无论他如何对两人乞讨、示好，姐弟俩就是不愿意分给他半点肉，就连他们吃剩的骨头也不准野人碰。因为弟弟手中的长矛非常的厉害，所以野人也不敢轻举妄动，他只能蜷缩在角落里。

一直到了深夜，野人趁着姐弟俩都睡着了，才偷偷地爬起来吃牛肉。在夜色中，野人好不容易摸索到一块牛肚，可才刚刚拿到嘴边，便被姐姐发现了。姐姐立刻叫醒了正在睡觉的弟弟："醒醒，弟弟，那个野人在偷吃牛肉，快起来！"

弟弟一听，立马跳了起来，挥舞着手中的长矛，对野人说："放肆，还不赶紧将手里的牛肉放下，大胆野人！"

野人被吓得哆嗦起来："对不起主人，我还以为你们不吃了，这是扔掉的东西。"

“你还敢狡辩，快将手中的牛肚子放下，否则别怪我手中的长矛不客气！”

于是，野人只得战战兢兢地将手中的牛肚放了回去。

就这样，姐弟俩吃肉，野人就在旁边乖乖地看着。没吃半点食物的野人越来越虚弱，他无时无刻不饱受着饥饿的折磨，在很多天后的一个晚上，他终于被活活饿死了。他的尸体在第二天一早才被姐弟俩发现，接着便被姐弟俩扔到了地面上。

姐弟俩又在天上过了几天安稳的日子，姐姐突然想起了早已嫁人的大姐，便与弟弟商量去投奔她。弟弟担心地问姐姐：“万一你下去后，再被野人抓走怎么办？你会被吃掉的！”

“没事的，已经过去这么长时间了，野人们早就回去了。”

弟弟听后点点头，两人便将之前晒干的牛皮做的绳子重新用水浸泡，绳子慢慢变得柔软，他们将绳子的一头系在了树梢上，另一头垂到了地上。他们顺着绳子慢慢滑了下去。那棵树的周围，早已看不到野人的踪影，只剩地上的一堆白骨。姐弟俩朝着大姐家的方向前进。

他们一直走了很久，都没有找到大姐家。然而，在一天夜晚，两人无意间遇到了大姐。虽然他们忘记了大姐的名字，却记得大姐的容貌。大姐看着狼狈的弟弟和妹妹，问：“你们怎么会变成这副模样？遇到了什么事吗？”

姐弟俩便将他们遇到野人的事情，全都告诉了大姐。大姐听后十分心疼弟弟和妹妹，她摸着姐弟俩的头，慈爱地说：“你们放心，以后再也不用害怕野人了。你们以后

阅读笔记

语言描写

此为语言描写，既表现了弟弟小心谨慎的性格特征，又反映出弟弟对姐姐的关心和担忧。

动作、语言描写

此为动作描写和语言描写，表现了大姐对他们的关心和爱护，突出了三人之间的情感之深。

就在这里生活吧，野人从来不会在这里出现。”

从那以后，姐弟三人开心地生活在了一起。他们再也没有看到过野人。

精简点评

本文主要讲述了姐弟俩勇敢地同野人较量，并用自己的聪明才智打败野人的故事。故事开篇，姐姐便被野人抓去了，同野人相处了一段时间后，姐姐充分了解了野人的生活习惯，这为姐姐逃脱野人的追捕，最终战胜野人打下了基础，而后来感应到姐姐有危险，前来营救的弟弟，更是手握野人最害怕的武器——长矛。最终，姐弟俩齐心协力，战胜了野人。

佳词美句

嘱咐　敏捷　一模一样　精疲力竭　轻举妄动

野人们满足地抚摸着自己圆滚滚的肚子，决定要外出去打猎。他们对姑娘说：“你就在这儿好好等着，等我们打猎回来，就过来接你。”

姑娘拿着瓦罐，一边跑，一边在路边撒玉米粒，由此来为自己争取更多的逃跑时间。

弟弟敏捷地爬到了树上，跟姐姐会合后，他悄悄拉住姐姐的手，两人继续往更高的地方爬去。

阅读思考

1. 姐姐逃跑时为什么不忘拿上装有玉米的瓦罐？
2. 姐弟俩为什么能打败野人？
3. 你从这篇故事中学到了什么？

披着狮毛的兔子

从前有一只兔子，十分羡慕狮子有那样威武风光的皮毛，他想从狮子那里得到这一身皮毛，于是想出了一个办法。这个办法的第一步便是要先取得狮子对自己的信任。

一天，兔子主动找到狮子，对他说："我能帮你做一个关野兽的笼子，这样你就可以轻松地捕捉其他的动物了。"

狮子一听，愉快地答应了。兔子对着天空喊了一句："我需要一个关野兽的笼子，快做好吧！"

语言描写

此为语言描写，点出兔子的身份并不简单。

一个关野兽的笼子就这样做好了。兔子看着笼子，对狮子建议说："你可以躺在笼子里装死，然后我帮你去叫其他的野兽过来，等到他们上前靠近的时候，你就趁机将他们都抓起来。"

阅读笔记

狮子觉得兔子的这个办法非常好，便躺在笼子里一动不动。兔子站在高高的地方，朝着四周大声喊道："快来看啊！狮子死啦！他被关在笼子里啦！大家快来看啊！"

动物们听到这个消息后，都觉得不可思议，纷纷跑来看被关在笼子里装死的狮子。他们在笼子周围转来转去，最后直接走到了笼子里，围在狮子的身边。慢慢地，大家都相信狮子已经死了，只有乌龟还有些怀疑。他用一根草来给狮子挠痒痒，他看到狮子的尾巴轻轻动了一下，便知道狮子是在装死。于是，乌龟对自己的孩子们说："快走吧，孩子们，狮子这是在装死，这一定是他的计谋。"

名师解读

兔子的计策成功了，狮子也顺利地抓到了很多野兽，并将他们吞进了自己的肚子里。此处既表现了狮子的残暴，又展现了兔子的冷漠和自私。

就这样，只有乌龟和他的孩子们逃过了一劫，其他前来围观的野兽都被狮子吞进了肚子里。

兔子因此也受到了狮子的夸奖。很多天后，兔子又找到了狮子，这次他对狮子说："我来帮你盖一栋房子吧！这样你就可以在更舒适的地方休息了。"

经过上一次的事情后，狮子已经非常信任兔子了，他爽快地对兔子说："好啊！我知道你的本领很大，你就帮我盖一栋吧！"

兔子对着天空大喊了一声，房子便盖好了，只是这栋房子没有屋顶。开始狮子并没有觉得有什么不好，但是不久后下雨了。狮子便对兔子说："我们一起来给这栋房子做个屋顶吧，这样我就不怕下雨了！"

名师解读

连笼子和房子都能做的兔子，这次却说自己不会做屋顶。那么，他是真的不会呢，还是在酝酿什么阴谋诡计呢？这跟他想要得到狮子皮毛的计划有关吗？

兔子听后，有些苦恼地回答："可是我不会做屋顶，我只会割用来做屋顶的草。"

兔子紧接着对着天空大喊一声，盖屋顶的草便自己割好了，并且全都整齐地铺在房子的周围。狮子见状，便让兔子用地上的青草做屋顶，但是兔子却说："我说过了，我不会做屋顶！"

狮子很纳闷，问兔子："你用一句话就可以做好笼子和房子，并且还能割草，为什么不会盖屋顶呢？这难道不也是一句话的事吗？"

兔子摇摇头，说："我也不清楚，我就是不会啊！"

狮子对此很无奈，只好自己爬上屋顶，然后用兔子割好的青草做屋顶。兔子看着在做屋顶的狮子，将绳子的一头扔给了他，说："你把绳子绑在身上，如果掉下来，我还能拉住你！这样你就不会受伤啦！"狮子照兔子所说，将绳子系在了腰上。

兔子接着说："我在下面帮你生火取暖，然后再给你把肉烤好，递给你吃。"

兔子将肉烤好后，用一根尖锐的木棍把肉叉住，然后送到了狮子的嘴边。他殷勤地对狮子说："你真是太辛苦啦！赶紧休息一下吧！我来喂你吃一块肉！"

狮子一听，赶紧放下手中的活计，张大了嘴巴，贪婪地享受起美味的烤肉，但是过于心急的狮子不小心被尖锐的木棍刺伤了嘴巴，疼得大叫起来。兔子趁机拉动自己手中的绳子，狮子就这样从屋顶上掉了下来，摔死了。

兔子如愿从死去的狮子身上得到了皮毛。

叙述

这里呼应了开头，交代了兔子得到狮子皮毛的过程，表现了兔子的诡计多端。

兔子十分垂涎鬣狗的食物，他披上狮子的皮毛，大摇大摆地来到了鬣狗的家门前，故意压着嗓子说："快把你手中的食物都给我！"

鬣狗还以为真的是狮子来了，立马乖乖将手中的食物全都给了兔子。兔子故技重施了好几次，都没有被发现。不断失去食物的鬣狗和她的孩子只能饿着肚子，小鬣狗由于天天挨饿，虚弱得快要死掉了。

阅读笔记

时间长了，狮子的皮毛也变得又干又乱，兔子就这样露出了马脚。一只聪明的小鬣狗发现后，编了一首歌，哼唱道："小小的兔子真狡猾，身披狮子皮，来到鬣狗家，还把鬣狗骗得团团转呀！"小鬣狗将这件事告诉了鬣狗妈妈。

这天，兔子像往常一样伪装成狮子，来鬣狗家讨要食物。鬣狗见状，便将一块被火烧得通红的石块扔向了兔子，狮子的皮毛立马就被石头给引燃了，兔子赶紧从里面跳出来，逃走了。

兔子在路上玩耍的时候，看到另一只鬣狗母亲要出门干活，便主动上前对她说："您真是太辛苦了，又要出去干活，又要照顾孩子们，不如我来帮您照顾孩子们吧！这样您还能轻松一点儿。"

> **语言描写**
> 此为语言描写，兔子主动要求帮鬣狗母亲分忧，不禁引起了读者的怀疑：兔子真的有这么好心吗？为后文埋下了伏笔。

鬣狗非常高兴，立刻答应了兔子的请求。她想："真是太好了，正发愁没有人帮我照顾孩子们呢！"

第一天，兔子用心地照顾着鬣狗的孩子们，十个一模一样的黑色小鬣狗一个都没有少。

第二天，鬣狗妈妈出门干活，留下兔子照顾鬣狗宝宝们。不料兔子却将其中的一只小鬣狗杀掉了。等鬣狗妈妈回来的时候，兔子把准备好的一锅肉端了上来。鬣狗疑惑地问："这是从哪里弄来的肉啊？"

兔子欣喜地回答说："这是我打猎带回来的啊！"

> **名师解读**
> 兔子明明是将小鬣狗杀了，却骗鬣狗妈妈说这是自己打猎带回来的肉，表现了兔子残忍、善于伪装的特点，同时也突出了鬣狗妈妈的粗心。

鬣狗称赞兔子能干。鬣狗吃饱后，想起了自己的孩子们，她吩咐兔子不要忘了给她的孩子们喂食。兔子依次给鬣狗的孩子们喂食，等到兔子喂完第九只的时候，他随手从刚刚喂过的几只里，拿出来一只继续喂。因为十只鬣狗幼崽长得一模一样，所以鬣狗妈妈并没有发现自己的孩子少了一只。

自此以后，鬣狗每次出门，兔子都会宰杀一只小鬣狗，并用同样的方式蒙混过关。

直到最后一只小鬣狗也被杀后，鬣狗才发现自己的孩子，原来都被兔子害死了。

愤怒的鬣狗朝着一旁的兔子扑过去，但是兔子的动作十分敏捷，轻易躲过了鬣狗的攻击。他后腿猛地一蹬，跑出了老远。鬣狗就在兔子身后紧追不舍，一直追到一棵茂盛的大树前，突然找不到兔子的踪迹。鬣狗在树洞里发现了一双灵动的眼睛，便上前问道："大树啊大树！请问您看到一只兔子跑过去了吗？"

随即，树洞里传出了一个低沉的声音："我一直就在这里，从来没有看到过兔子啊！"

鬣狗听后沮丧地走开了。鬣狗一走，兔子就马上从树洞里跑了出来。鬣狗看到兔子后，知道自己又被他骗了，于是紧追在兔子身后。等兔子跑到河边的时候，他灵机一动，在地上打了个滚，便伪装成了一块光滑的石头。鬣狗在河边又找不到兔子的踪迹，一气之下抓起了兔子变成的那块石头，狠狠扔向对面，说："太可恶了，那只该死的兔子，我要砸死你！"

石头一到对岸，便立马恢复成兔子本来的模样，他得意地对鬣狗说："谢谢你啊，鬣狗大娘，帮我渡过了这条河！"

鬣狗一看，更生气了，但是除了愤怒和悔恨，鬣狗什么办法都没有！

语言描写

此为语言描写，鬣狗看到兔子的眼睛，并没有发现那就是兔子，反而向他询问起兔子的踪迹来，表现了鬣狗的蠢笨和兔子的狡诈。

语言描写

此为语言描写，兔子被鬣狗掷过了河，从而向鬣狗炫耀起来，表现了兔子此时开心、得意的心情，也突出了鬣狗的愚蠢。

精简点评

本文主要讲述了聪明的兔子用计得到了狮子的皮毛，并用它到处招摇撞骗的故事。故事中的狮子和鬣狗之所以会落得如此凄惨的下场，是因为他们心中过度的贪念，狮子由于想要坐享其成，才被兔子设计丢掉了性命；鬣狗因为想要有免费的劳动力帮自己照看孩子，才害得孩子们都失去了生命。由此可见：我们一定要通过自己的努力来得到自己想要的东西，不劳而获只会让我们付出更为惨痛的代价。

佳词美句

威武风光　不可思议　转来转去　蒙混过关　灵机一动

慢慢地，大家都相信狮子已经死了，只有乌龟还有些怀疑。他用一根草来给狮子挠痒痒，他看到狮子的尾巴轻轻动了一下，便知道狮子是在装死。

兔子对着天空大喊了一声，房子便盖好了，只是这栋房子没有屋顶。

狮子一听，赶紧放下手中的活计，张大了嘴巴，贪婪地享受起美味的烤肉，但是过于心急的狮子不小心被尖锐的木棍刺伤了嘴巴，疼得大叫起来。

等兔子跑到河边的时候，他灵机一动，在地上打了个滚，便伪装成了一块光滑的石头。

阅读思考

1. 兔子是怎样一步步得到狮子的信任的？
2. 请概述兔子的性格。
3. 你觉得兔子狡诈吗？为什么？

坏心眼的大蟒

很久很久以前，动物也是可以和人类一样开口说话的。某一天，一只猴子离开家出来找吃的。他先是来到了一座小的山丘上，到处寻觅着食物，最终在被太阳晒得滚烫的石块下面，找到了很多蝎子、蜈蚣，他开心地享用了起来。吃完，猴子便继续向前赶路。

突然，猴子听到了一条大蟒的求救声：“哎哟！路上的猴子兄弟啊，请你快来救救我吧！我被一块石头给压住了，脱不了身啊！请你帮我把身上的石头挪开吧！”

猴子看大蟒的态度十分恳切，便同意了他的请求。猴子费力地搬开了大蟒身上的石头，不料刚刚脱身的大蟒却突然恩将仇报。他用自己粗壮的身子紧紧缠住了猴子，得意扬扬地说：“哈哈哈！你这个蠢笨的猴子，竟然自己送上门来，这下我可以饱餐一顿啦！”不论猴子怎样求饶，大蟒都没有任何反应。

这时，正好有一只兔子从旁边跑过，猴子便对兔子哭诉起来：“兔子啊兔子！你最聪明了，快来帮我评评理吧！我刚刚救出了被石头压住的大蟒，他不但没有感谢我，现在还要将我吃掉啊！”

大蟒却辩解说：“我之前只是躺在石头上睡觉而已，怎么能说是他救了我呢？况且，我是因为猴子趁我睡觉的时候，偷吃了我的昆虫，我才抓他的。”

兔子想了想，便说：“那好吧，大蟒，你让我们看看你刚才是怎么在石头下睡觉的，好让我评判一下！”

语言描写

此为语言描写，大蟒求饶时，态度十分的诚恳、客气，从而轻易取得了猴子的信任，表现了大蟒虚伪且善于伪装的性格特征。

阅读笔记

大蟒于是将猴子放下，重新躺在了地上，猴子便趁机将刚刚的大石头又放回了大蟒的身上，大蟒于是又被石头压住，不能动啦！然后，兔子和猴子一起结伴向前走去。

精简点评

本文主要讲述了善良的猴子好心救助大蟒后，大蟒却恩将仇报的故事。文中的猴子心地善良、聪明机智，他一开始虽然被大蟒虚伪的面孔欺骗了，但是后来却利用自己的机敏，成功逃过了一劫，同时也惩罚了忘恩负义的大蟒。这个故事告诉我们：善有善报，恶有恶报，同时也提醒我们，在日常生活中要小心分辨身边的坏人，不要被他们伪善的面孔蒙蔽了双眼。

佳词美句

滚烫　恳切　蠢笨　辩解　趁机　恩将仇报　得意扬扬

他先是来到了一座小的山丘上，到处寻觅着食物，最终在被太阳晒得滚烫的石块下面，找到了很多蝎子、蜈蚣，他开心地享用了起来。

猴子看大蟒的态度十分恳切，便同意了他的请求。

猴子费力地搬开了大蟒身上的石头，不料刚刚脱身的大蟒却突然恩将仇报。

大蟒于是将猴子放下，重新躺在了地上，猴子便趁机将刚刚的大石头又放回了大蟒的身上，大蟒于是又被石头压住，不能动啦！

阅读思考

1. 猴子为什么答应帮助大蟒？
2. 你从大蟒的身上，受到了什么启发？
3. 大蟒最后受到了什么惩罚？

愚蠢的丈夫

从前有一对夫妇，他们过着简单而平凡的生活。这天，妻子对身旁的丈夫说道：“你看旁边的邻居，每天都能抓到很多的老鼠，要不然你也去抓几只吧！”

丈夫觉得这个要求很简单，便答应下来。他找到一个老鼠洞，便在旁边坐了下来，喃喃自语：“老鼠啊老鼠！你们快点出来吧，我老婆让我过来抓你们了！”

但是丈夫等了好久，就是没有一只老鼠出来，于是丈夫便又来到了另一个老鼠洞旁。然后，丈夫便又坐在地上，祈求老鼠们快些出来。

> **名师解读**
>
> 只会坐着祈祷的丈夫，根本没有办法抓到老鼠，同样，只会说些漂亮话的人，也做不成事。

就这样，丈夫在每一个老鼠洞前都坐了一会儿，但他没看见一只老鼠出来，便沮丧地回去了。丈夫既没有将老鼠洞捣开，也没有动手去抓，当然抓不到老鼠。

回到屋中的丈夫，立刻对妻子说：“老婆，我抓到老鼠了。”

妻子一听，十分高兴，她还以为丈夫抓到了很多老鼠呢！

“快把它们拿过来，让我看看有多少！”

一旁的丈夫低着头，只是重复着说自己抓到了老鼠，却没有将老鼠带过来。

> **名师解读**
>
> 丈夫根本没有抓到老鼠，却欺骗妻子，说自己抓到了，当妻子要求他将老鼠带过来时，丈夫又没有了办法，从而告诉我们诚实的重要性。

妻子不断追问着丈夫：“老鼠到底在哪儿啊？”心虚的丈夫只好低头不语。

“你刚刚都做什么了？一只老鼠都没有抓到吗？”

丈夫只好如实将自己的行为告诉了妻子，妻子听后，

阅读笔记

又伤心又无奈。

第二天，妻子便亲自向丈夫示范抓老鼠的方法。他们一起来到老鼠洞旁，妻子便拿起锄头捣开了老鼠洞，等老鼠跑出来，就立刻用锄头打死。

“这回你知道，该怎么抓老鼠了吧，像你那样是根本不行的！”

在两人回去的路上，丈夫始终沉默着。突然，丈夫站住不动，对一旁的妻子说：“我终于知道怎么抓到老鼠啦！只要把你带过去，老鼠通通被抓住啦！”

说完，丈夫还自鸣得意地笑了。

精简点评

本文主要讲述了丈夫抓鼠的趣事。整篇故事诙谐幽默，充满了讽刺意味。文中的丈夫一听妻子要让他去抓老鼠，不管自己会不会，便答应了下来，然而找到老鼠洞后，丈夫的所作所为却让人惊叹不已，原来丈夫根本就不会抓老鼠，或者说，根本就没有动手抓老鼠，而当妻子为他亲身示范后，丈夫仍没有学会，讽刺了丈夫的愚蠢和无知。

佳词美句

简单　邻居　祈求　沮丧　喃喃自语　低头不语　自鸣得意

妻子一听，十分高兴，她还以为丈夫抓到了很多老鼠呢！

丈夫只好如实将自己的行为告诉了妻子，妻子听后，又伤心又无奈。

阅读思考

1. 丈夫为什么没有抓到老鼠？
2. 丈夫为什么要骗妻子说自己抓到了老鼠？
3. 妻子得知丈夫的做法后，是如何做的？

葫芦孩子

叙述

这里为读者介绍了农妇的基本情况，说明了她想要孩子的理由，同时设置了悬念：农妇会实现这个愿望吗？引出了下文。

在非洲最高的山脉乞力马扎罗山的山脚下，有一个小小的村庄，这里生活着一群朴实、勤劳的人。村庄里有这样一位农妇，她的丈夫很早就去世了，没有孩子的她非常孤独。虽然她每天都辛勤地劳作，但有时还是没有饭吃。她非常想有一个孩子，这样孩子就能在她劳作的时候帮帮她，在她孤苦寂寞的时候陪陪她。

听住在山脚下的人们说，在那座常年被皑皑白雪所覆盖的高高的山巅，居住着一个神力强大的精灵，它平时为人们扶困解危，是最能体察人们疾苦的精灵了。因此，这个可怜的妇人总是在一天的清晨或是傍晚的时候，仰望着那高高的山顶，向精灵祈祷，希望它能实现自己想要个孩子的愿望。

语言描写

此为语言描写，介绍了山神的使者的来意，为下文葫芦变成孩子的事情埋下了伏笔。同时使者富有神秘色彩的话语，引起了读者的阅读兴趣。

这一天，当农妇正在葫芦地里锄草的时候，突然不知道从哪里来了一个陌生人。他走到了农妇的面前，满脸带笑地对她说道："我是山上那位精灵派来的使者，奉精灵之命，前来告诉你，你心中的愿望山神已经知晓。你如今需要好生照料这些葫芦，如此一来，必然会有厚重的福报。"

陌生人刚刚说完，便消失不见了。农妇对此吃惊不已。

从那天起，农妇便更加用心地照料起地里的那些葫芦。等一个星期之后，葫芦终于成熟，农妇赶忙小心翼翼地将这些葫芦摘下来。她将葫芦里面的瓤子细心地掏干净，然后便将它们挂在自家茅舍的椽上晒干。她从那些葫芦中挑出了最好的一个，放在了炉灶的旁边，希望它能够干得更快些，好用它来舀水。

等到了第二天的时候，农妇便跟往常一样，天刚亮就到地里干活了。但是没想到的是，农妇一离开家的时候，炉灶旁的那个葫芦就摇身一变，变成了一个可爱的小男孩。灵动的男孩用力踮起了脚尖，他将那些挂在椽木上晾晒的葫芦挨个抚摸了一下，神奇的事情发生了，那些被他抚摸过的葫芦也纷纷变成了小男孩，一个个都跳到了地上。

场景描写

此为场景描写，生动形象地刻画了葫芦们纷纷变成小男孩的景象，增加了故事的浪漫主义色彩，同时也呼应了上文中使者对农妇所说的话。

他们就这样在屋子里又是跑又是跳的，彼此追逐打闹，好不快乐！等他们玩闹了一会儿后，他们便开始自发地劳动起来。他们分工明确，有的去扫地、喂鸡；有的去河边抬水；有的到森林去砍柴。只有一个孩子例外，他就是炉灶旁那个葫芦变成的孩子。别的葫芦称呼他为“其台”，他真的什么也不干，只会站在一边傻笑。等其他的孩子把活儿都干完后，他就把孩子们重新变成葫芦。看着他们恢复原样后，其台也就回到炉灶边，也变成了原来的葫芦样子。

傍晚的时候，在地里劳作了一天的农妇回到了家中，眼前的景象令她惊呆了。家里竟然变得非常整洁、干净，屋里空空的水缸也装满了水，灶台旁也堆满了木柴。她十分纳闷，却又想不出到底是怎么回事。

于是满心疑惑的她便找到了邻居，邻居对她说：

“从早上到下午的时候，我们都看到有许许多多的孩子，在你的家里跑过来跑过去的，他们都是你家里的亲

语言描写

此为语言描写，邻居的话语解除了她内心的疑惑，更令她不解的是：这些孩子到底是从哪里来的呢？为后文农妇想一探究竟的做法埋下了伏笔。

戚吗？”

但是农妇心想：我根本没有亲戚啊！更何况是很多的孩子。

农妇回到家里后，将屋里和屋外仔仔细细搜查了个遍，但没有发现一个人影。等到她要烧火做饭的时候，她一眼便看到灶台旁的那个葫芦，突然想起前些日子那个陌生人对她说的话，她心里的疑惑好像一下子就解开了。莫非这就是他所说的福报？精灵真的显灵了？是他派人过来帮忙的吗？等第二天一早，农妇又和往常一样，早早便下地去干活了。等到她傍晚回来的时候，她发现自己家里的地又被打扫干净了，水缸的水也给打满了，就连经常漏雨的茅舍也被修好了。她便又去问自己的邻居，邻居对她说：

> **心理描写**
>
> 这里是对农妇的心理描写，说明了农妇心里对孩子们的来历已经有了猜测，同时也为下文农妇假装去地里干活的行为埋下了伏笔。

“还是和昨天一样啊！你们家出现了一大群孩子，他们在你家帮你干了一整天的活儿。”

这个时候，农妇才真的相信了，这肯定就是精灵派来的孩子，于是农妇决定要亲眼看个究竟。于是到了第二天早晨的时候，她便假装去地里干活了，然后在走出一段路后再悄悄地返回了家，藏在屋子的后面观察着里面的动静。

于是农妇就见证了那神奇的一幕：灶台旁的那个葫芦最先变成了小男孩，然后他便将其他地方的葫芦也变成了男孩。

农妇的心里惊喜交加。她赶忙走到了房子的前面，然后走进屋内，对这帮孩子说道：

“原来就是你们帮我把活儿都干完了啊！真是太感谢

> **语言描写**
>
> 此为语言描写，农妇看到葫芦变成孩子的一幕，心中知道了他们便是帮自己干活的人，表现了农妇对孩子们的浓浓的感激和喜爱之情，也为后文农妇主动留下孩子们做了铺垫。

你们了！感谢感谢！”但是在屋内的孩子们都没有说话，他们还是各自干着各自的活儿。等到活儿都干完了的时候，灶台上的那个葫芦其台便要将他们再变回葫芦。

这时农妇连忙阻止了其台，她对孩子们说道：

“你们就一直留在这儿吧，不要再走了，我会把你们都当作自己的孩子的，你们就留在我这儿吃饭、睡觉吧！”

听到农妇这样说的时候，孩子们都低下头想了想，于是便答应了下来。他们从此便在地里帮农妇耕地、种玉米，还帮着农妇放牛、牧羊。没过多久，原本贫穷的农妇家里便堆满了谷物，牛羊牲畜也成群成群的。农妇就这样成了山脚下最富有的一户人家。

一开始的时候，农妇将这些孩子都当作自己的座上宾，给这些孩子弄最好的食物。但是，随着这些孩子一天天长大，他们的饭量也不断增加着。可农妇却并没有因此给孩子增加饭食，仍然还是开始那样，只给他们每人半碗玉米面团。其中最受苛待的便是其台了，农妇嫌弃其台整天只会站在炉灶边傻笑，也不干活。她经常骂其台，有时更是连饭都不给他吃。某一天的傍晚，

阅读笔记

农妇正在屋里做饭，她一不小心被蹲在灶台旁边的其台给绊了一脚，害她将手中的饭菜撒了一地。

农妇勃然大怒，她立刻冲着其台叫嚷道：

“你这个只吃饭不干活的废物，整天蹲在灶台边干什么？等着瞧吧，说不定哪天，我就一脚把你这个破葫芦踩个粉碎！”

农妇没有想到的是，当她一说“葫芦”，其台便立马“咚”的一声倒在了地上，重新变成了葫芦。而在屋外劳作的孩子们一听到声音，便都跑到了屋子里。农妇的怒气还没有完全消散，看见这帮孩子更是没有好脸色，她冲着他们尖着嗓子叫嚷道：

“你们不在外面继续干活，跑来屋里干什么？你们这帮废物，都给我重新变成葫芦吧！省得我还得当牛做马地伺候你们！”

> **语言描写**
>
> 这里是语言描写，表现了农妇心中的愤怒与对孩子们的嫌弃，突出了农妇忘恩负义、蛮横不讲理的性格特征，暗示了农妇以后凄惨的生活。

农妇这么一喊，屋里所有的孩子果然都“咚咚”地倒在了地上，都变回了葫芦。

就这样，刚刚还十分热闹、充满着生机与活力的房子，马上陷入了一片冷清和死寂当中。农妇知道这是自己惹怒了精灵，精灵便把孩子们全都召唤回去了。她陷入了自责和后悔中，每天不断地呼唤着孩子们，但是他们再也不回来了。从那以后，农妇又只能一个人孤零零地过日子了。后来农妇的年龄越来越大，她再也不能到地里干活了，她的土地就变得荒芜起来，家里的牛羊也都走散了，富庶的家又变得破败不堪。农妇最终也在穷困潦倒中死去了。

精简点评

本文主要讲述了孤独的农妇想要一个孩子陪伴自己，但是得到了又不珍惜，最后落得一个凄惨的下场的故事。文中的农妇十分想要一个孩子，希望孩子可以在她孤独的时候陪伴她，劳累的时候帮她分担家务和农活。但是当精灵真的赐予了农妇许多孩子的时候，她却将孩子们对她的帮助视为理所当然，渐渐失去了感激之心，后来还越来越苛待他们、嫌弃他们，最终还将他们赶走了。忘记了自己的初心的农妇最终在贫困孤独中结束了自己的一生。这个故事告诉我们：无论什么时候都不要忘记自己的初心，更要对生活中的恩赐心怀感激。

佳词美句

皑皑白雪　扶困解危　吃惊不已　小心翼翼

摇身一变　仔仔细细　破败不堪

听住在山脚下的人们说，在那座常年被皑皑白雪所覆盖的高高的山巅，居住着一个神力强大的精灵，它平时为人们扶困解危，是最能体察人们疾苦的精灵了。

她将葫芦里面的瓤子细心地掏干净，然后便将它们挂在自家茅舍的椽上晒干。她从那些葫芦中挑出了最好的一个，放在了炉灶的旁边，希望它能够干得更快些，好用它来舀水。

阅读思考

1. 农妇是一个什么样的人？

2. 农妇为什么想要一个孩子？

3. 最后农妇的愿望实现了吗？

最勇敢的人

叙述

开门见山，为读者介绍了哈桑的性格特征，突出了他的勇敢，同时引起了下文，激发了读者的阅读兴趣。

从前有一个母亲，她十分喜爱自己的儿子，她儿子的名字叫作哈桑。哈桑从小就身体强壮，还有一颗天不怕、地不怕的心。因此认识他的人给哈桑起了一个绰号："勇敢的哈桑"。哈桑也因为这个绰号而变得越来越出名。

后来哈桑决定走出自己生活的地方，去外面见见世面，要是在外面遇到了比自己还要勇敢的人，他就不再回来了。这一天，哈桑佩戴上自己的宝剑，在马匹的褡裢里装满了食物，准备好一切后，哈桑便找到了自己的母亲，他向母亲道别后，就骑上马往远方出发了。

动作描写

此为动作描写，哈桑悉心地将出行的东西都准备好了，告别了母亲，他就要独自去遥远的地方探险。从而表现了哈桑勇敢无畏、具有冒险精神的性格特征，同时也引起了下文。

哈桑骑着马儿一直向前奔跑着，他很快便来到了一片沙漠中，这片沙漠的中间有一块空旷的地方。哈桑便决定在这里休息一下。他将自己准备的面包拿出来，然后生了一团火，准备将面包烤一烤。但是哈桑正准备烤面包时，突然"轰隆"一声，平整的土地上凭空出现了一个巨大的黑洞，一个身材高大、长着七个脑袋、浑身黝黑的巨人从地上的大黑洞里走了出来。他看着哈桑手中的面包，气势汹汹地朝哈桑叫嚷起来："小人儿，快把你手里的面包递给我！"

哈桑看着突然出现的黑巨人，心里一点儿也不慌张，他脸色严肃地对那个巨人说："我是不会把面包交给你的，你死心吧！"

"这样的话，我可就必须杀死你了。"黑巨人一边说着，一边向哈桑逼近。

哈桑见黑巨人离他越来越近，便迅速抽出了自己身上佩戴的宝剑。在巨人还没有抓到他的时候，哈桑便抢先往黑巨人的脑袋砍去。两人很快就缠斗在一起，勇猛的哈桑一口气砍掉了黑巨人的六个头颅。当哈桑再次砍向巨人的时候，巨人躲闪不及，哈桑成功地将他的第七个脑袋砍了下来。这时，黑巨人终于“轰隆”一声倒在了地上，黑巨人就这样被哈桑杀死了。

动作描写

这里是对哈桑的动作描写，为读者描述了哈桑与巨人的战斗场面，从而突出了哈桑的勇猛，呼应了开头对哈桑的介绍，丰富了哈桑的人物形象。

细心的哈桑发现死去的巨人的左小腿上面有一处非常明显的凸起，哈桑用自己随身带的匕首将它割开，在里面发现了一个非常小的玻璃盒子，盒子里还装着七只翠鸟，不可思议的是，这几只翠鸟还都是活着的。哈桑便将玻璃盒子小心地放到了自己的兜里。他决定要去黑巨人生活的世界看看。

哈桑来到黑巨人出现的那个黑洞旁，打量了一下便跳了进去。哈桑到达洞底后，惊奇地发现自己来到了一座华丽的宫殿前的庭院里，这里的景色非常优美，空气也非常凉爽宜人。哈桑在这里停留了一会儿，便来到了宫殿，他穿过宫殿的各个房间，这里的每个房间都十分富丽堂皇，让哈桑惊叹不已。他心里想：恐怕人世间的哪个国王的宫殿都比不过这个宫殿。

哈桑在宫殿里休息了一会儿，突然听到了一阵微弱的呻吟声。哈桑循着这个声音来到了宫殿的一个小房间里，他看到房间里有一个年轻漂亮的姑娘，姑娘被绳子捆绑在了床上，而呻吟声就是这位姑娘发出来的。

名师解读

黑巨人所在的宫殿竟然传来了呻吟声，可见黑巨人并不是一个善良的人，反而是一个经常作恶的人，这就突出了哈桑的正面形象，也引起了大家对呻吟之人的好奇。

哈桑赶紧上前帮姑娘解开了绳子，并且告诉她，这里的那个黑巨人已经被自己杀死了，现在自己可以把她救出去了。姑娘被哈桑解救后，十分感激他，她将黑巨人收藏宝物的地窖告诉了哈桑。两人在宝库里装了好几麻袋的金砖和宝石，准备将这些都背回地面。

但是当他们往地面上爬的时候，绳子突然断了。哈桑往下落啊，落啊，直到掉进了一个更深的世界。哈桑就这样摔到了地下世界，而且再也爬不上去了。哈桑从地上爬起来，往前走去，他来到了一个城市。哈桑看到城市里的人都坐在地上哭哭啼啼的，他心里纳闷极了，于是便走上前去询问他们哭泣的原因。这些人告诉哈桑，这里有一个神通广大的海神，他每年都会在城里挑选一个年轻漂亮的姑娘，当他的新娘，这可害苦了当地的老百姓。

名师解读

刚刚掉入另一个世界的哈桑，在看到这里的人们十分愁苦后，便赶紧上前询问，从而表现了哈桑富有同情心的一面，也引起了大家对这里的人们哭泣的原因的思考。

而今年，海神选中了国王的女儿做他的新娘，所以城里的人们都非常悲伤。哈桑听完后，义愤填膺，他立马要求人们把他带到国王的女儿那儿去。哈桑想要帮助这位可怜的姑娘。

阅读笔记

当哈桑找到公主的时候，她正独自一人坐在海边，美丽的面庞上满是忧愁。哈桑走到了公主身旁，挨着她坐下，用暖心的言语安慰着可怜的公主。公主听后也十分感动，她向哈桑表达了自己的谢意，并且请求哈桑快点离开这里，不然等海神出现后，会把他杀死的。哈桑闻言也只是笑了笑，脸上丝毫没有害怕的样子。然后，哈桑将自己的头枕在了公主的腿上，对她嘱咐道："等一会儿海神出现的时候，你就马上把我叫醒。"

正在这时，平静的海面上突然掀起了一阵狂风大浪，只见一个长得异常凶恶的怪物风驰电掣般地向岸边奔来。海神来了，公主知道她的灾难也即将来临，于是悲伤的泪水控制不住地落了下来。眼泪流过公主美丽的面庞，滴落在了哈桑的脸上，这眼泪把他惊醒了。

醒来的哈桑立马抽出了身上的宝剑，挥舞着向海神的方向砍去，但是海神一点都没有受到伤害。哈桑见状，又重新抡起了宝剑往海神的头上砍去，但是仍然没能将海神的脑袋砍下来。

海神看着这个少年，嘲讽地说："哈桑啊！你这根本就是在浪费时间，你是杀不死我的，我是伟大的海神，我不会像凡人一样死去。因为我的生命根本就不在自己的身上。"

"照你这么说的话，我今天就一定会死在你的手上了？"哈桑说着脸上的表情也变得愁苦起来，语气也柔软了，"如果我的生命注定结束在你的手中的话，那么我也就完全没有机会将你的秘密泄露出去了啊！那么，你能不能大发慈悲，告诉我你的生命到底在哪里？这样我也就死得没有什么遗憾了。"

"我的生命啊，它依附在七只活着的小翠鸟身上，它们被装在了一个玻璃盒子中，然后被藏在了一个黑巨人的小腿上，现在黑巨人在上面的另一个世界里生活，因此没有人能够结束我的生命。"海神脸上带着得意，对哈桑夸耀地说。

哈桑一听，觉得十分熟悉，他马上想起了之前被自己杀死的那个黑巨人，也想起自己从他的小腿上发现的那个装着七只活着的小翠鸟的玻璃盒子。

哈桑装出一副愁闷的模样，他向海神恳求道："伟大的海神啊，求求你给我一点儿喘息的时间吧，我想要用这

语言描写

这里是对海神的语言描写，通过海神对哈桑的嘲讽，可以看出海神狂妄自大、轻敌的性格特征，而海神的话里也透露出了一个重要的信息，从而也为后文海神的战败埋下了伏笔。

神态、语言描写

这里是对哈桑的神态描写和语言描写，通过哈桑向海神示弱，从海神的口中套取信息的行为，可以看出哈桑的聪明和机智，也表现了他能屈能伸的性格特征。

点时间，最后祈祷一番。”

海神看着这个弱小的人类，同意了他的请求。哈桑趁此机会赶忙转过身子，背对着海神，从自己的兜里掏出了之前的那个玻璃盒子，偷偷地打开盒子将里面那七只活着的小翠鸟给掐死了。

动作描写

通过城中人们对哈桑的行为，可以看出哈桑对这座城市做出了重大的贡献，也突出了哈桑的勇敢和机智。

小翠鸟刚被他掐死，身旁的海神便突然倒了下去，激起了一阵浪花，海神周围的海水一下子便将他的尸体吞没了。哈桑打败海神的消息很快便传了出去。城里的人们将勇敢的哈桑高高地抬到肩上，一直将哈桑抬到了国王的面前。国王看着眼前这个年轻英俊的少年，十分感激他拯救了自己女儿的生命。国王最终决定将自己的宝贝女儿嫁给哈桑，并且将自己的半个王国一起赐给了哈桑。但是哈桑却表示自己不能接受他的馈赠。

语言描写

这里是对哈桑的语言描写，通过哈桑对国王的要求，可以看出哈桑是一个不贪恋权势和钱财的人，突出了哈桑的质朴、清高。

哈桑对国王说：“我不能接受你对我的馈赠，这都是我应该做的，我对你只有唯一的一个要求，那就是希望你能运用自己无上的权力和巨大的影响力，想办法将我送回到上面的世界，我原本就是来自那个世界的。”

“没有问题，我一定满足你的要求。”国王对哈桑说。

随后，国王便将城中最精明强干的巫师们召集了过来，他们施展着强大的妖术，让哈桑飞了起来，一直飞到了上面的世界。

回到原来的世界的哈桑带着从城堡救出的姑娘和全部的财宝回到了自己的家。哈桑的母亲看到自己的儿子平安回来了，还带回来一位年轻漂亮的姑娘和许多的财宝，心里非常的高兴，她赶紧朝着儿子扑了过去，紧紧搂住了哈桑，激动地流下了幸福的泪水。

精简点评

本文主要讲述了勇敢的哈桑外出冒险，杀死巨人和海神，拯救了公主，最终回到家乡的故事。作者通过对哈桑冒险经历的叙述，塑造了哈桑勇敢、机智、质朴、不贪恋权势和钱财的英雄形象。哈桑的探险旅程充满了奇幻和浪漫的色彩，使得整个故事都变得神秘起来。

佳词美句

气势汹汹　凉爽宜人　富丽堂皇　哭哭啼啼　义愤填膺　风驰电掣

这一天，哈桑佩戴上自己的宝剑，在马匹的褡裢里装满了食物，准备好一切后，哈桑便找到了自己的母亲，他向母亲道别后，就骑上马往远方出发了。

但是哈桑正准备烤面包时，突然“轰隆”一声，平整的土地上凭空出现了一个巨大的黑洞，一个身材高大、长着七个脑袋、浑身黝黑的巨人从地上的大黑洞里走了出来。

阅读思考

1. 哈桑的外号叫什么？
2. 哈桑从家里离开后，一共到了几个地方？
3. 哈桑为什么拒绝了国王的赏赐？

海魔和渔家女

从前，有个经验很丰富的渔夫，他每天都能打到很多鱼。渔夫每天只给自己留一条鱼，然后把剩下的鱼全都卖了换成钱。渔夫特意在院子里挖了三口井，把每次换的钱藏在井里。

排比

这里运用排比的手法，强调家里的生活水平和打上来的鱼的数量成正比，鱼打上来得越多，他们的生活水平越好。

后来，渔夫娶了妻子，还生了三个女儿。家里人多了，渔夫不得不多留下几条鱼。如果只有一条鱼，渔夫就留下自己吃；如果有两条鱼，他就和妻子分着吃；如果有三条鱼，他们就会一家人一起吃。如果当天打上来的鱼更多，渔夫就会给每位家人留下一条鱼，然后把剩下的鱼都换成钱。随着时间的流逝，渔夫把三口井全部填满了。

有一天，渔夫出门打鱼，但是他一条鱼也没有打到，所以那天的饭桌上并没有出现鱼。渔夫已经习惯了每天吃鱼，因此他又来到海边，但依旧什么也没有打到。渔夫不死心，晚上又去了一次海边，依旧是一无所获。从此，渔夫再也不到海边去了。

语言描写

此为语言描写，大鱼恐吓渔夫的话说明当事情太过顺利的话，有可能是别人给你设下的陷阱，要提高警惕。

过了很久，渔夫太想吃鱼了，他又来到了自己经常打鱼的地方。渔夫把渔网拖上来的时候，看见网里有一条大鱼。渔夫本来很高兴，心想：自己终于又捕到鱼了。就在这时，大鱼突然说话了："我是海里的国王，之前你每次来打鱼，我都实现了你的愿望。你要多少，我就送给你多少。现在，你的钱已经装满了三口井，还有贤惠的妻子和美丽的女儿，可是你还是不满足，竟然把我捞上了岸，我一定会杀了你。"

渔夫听见鱼会说话，被吓得瑟瑟发抖，知道自己捕上来的是海魔后，就直接被吓晕了。渔夫醒了之后，海魔还在他身边。渔夫听见海魔对他说："如果你不想被杀死，就把你的女儿许配给我。你们可以商量一下让谁嫁给我，明天早晨到这里来答复我。"

渔夫刚刚恢复一点力气，就赶紧离开了岸边。渔夫边哭边跑。一回到家，渔夫就把海魔的事情告诉了妻子和女儿。渔夫问大女儿："你愿意为了救父亲，嫁给那个怪物吗？"大女儿摇摇头。渔夫和妻子又去问二女儿和小女儿，二女儿也不愿意，小女儿听完父母的话后，说："如果我嫁给他，就可以救父亲的性命，那我愿意。如果父亲死了，母亲就失去了丈夫，我们就失去了父亲，而且家里也没有了收入来源。"

语言描写

此为语言描写，小女儿解释了救父亲的原因，表明她是一个重情重义、有奉献精神、明事理的人，愿意为了父亲牺牲自己。

父亲听见终于有女儿愿意嫁给那个怪物，很高兴，就说："等天一亮，我去海边告诉那个怪物。"

第二天一早，渔夫就赶到了海边，渔夫还没开口，就听见海魔的声音："我都知道了。现在，你把这枚戒指交给我的妻子，准备好结婚的东西。等你们准备好了，我自然会来。"

渔夫回到家里，把戒指交给了小女儿，然后就开始为女儿的婚礼做准备。婚礼准备好了，渔夫就跑到海边迎接他的海魔女婿。海魔给了渔夫一大包衣服，告诉他这是新娘的礼服，然后对他说："你先把宾客都接到婚礼现场去，我马上就来。"

语言描写

这里海魔以人类的方式来迎娶新娘，这说明其对人类生活的向往。

渔夫让妻子帮小女儿穿上礼服，然后带着家人和宾客们一起到证婚的法官那里去。婚礼现场，只有法官、新

阅读笔记

娘和渔夫夫妇能够看见新郎。于是，宾客们就看见法官主持了一场没有新郎的婚礼。婚礼结束后，新郎就把新娘带走了。

海魔带着自己的新婚妻子来到海边，穿过大海，来到了一个小岛。海魔对妻子说："夫人，如果你有什么想要的东西，你就告诉我。如果没有的话，那我就先回海里去了。等你想要东西的时候，用这根棍搅一下海水，我的仆人就会来找你，实现你的愿望。"

妻子说："我现在很饿，想要吃一些东西。"

动作描写

此为动作描写，海魔喂食的方式与众不同，简单直接。

海魔听见这话，就用手摸了一下妻子的脖子，妻子很快就睡熟了。海魔用刀割开了妻子的肚子，放了一些肉进去，然后又把肚子照原样缝好了。不一会儿，妻子就醒了。海魔问妻子："现在，你还觉得饿吗？"

妻子虽然很奇怪，但还是诚实地说："一点也不饿了。"

海魔对妻子说："你是我的妻子，我会好好对待你，但是你也要遵守禁令，从此以后，你绝对不可以流泪。只要你有一滴泪水落下，我们就永远不能相见了。"从此，海魔就和妻子开始了新生活。

有一天，海魔对妻子说："夫人，你父亲病得很厉害，但是我怕你会忍不住流泪，所以我不能让你回去。"没过多久，海魔就告诉妻子"渔夫死了"。海魔带着妻子来到了离渔夫家最近的岸边，让妻子回家奔丧。分别前，海魔警告自己的妻子千万不要忘记禁令。

小女儿回到家，见亲戚们都在帮父亲准备葬礼，就知道父亲真的死了。亲戚们看到她越来越漂亮，说话时嘴里还会散发出芳香，而且不用吃饭也不会饿，他们十分羡慕。父亲的葬礼之后，小女儿给母亲和姐姐留下许多钱财，然后就回到海魔那里去了。

> **对比**
> 这里运用对比手法，将女孩结婚前后做了一个明显的对比，凸显出女孩现在的变化。

过了很久，有一天，海魔又告诉妻子："你的母亲死了。"海魔亲自把妻子送到了渔夫家里，还派了两个仆人帮助妻子处理她母亲的丧事。海魔的妻子很伤心，但是为了自己的丈夫，她一直在强忍泪水。葬礼一结束，海魔的妻子就准备回到丈夫身边去，但是亲戚拦住她，并开始数落她："你父亲去世的时候，你就一滴泪也没有掉，现在你母亲死了，你也不伤心。你真是个忘恩负义的人。"

海魔的妻子本来就很伤心，听见这样的话，终于忍不住大哭起来。她的泪水刚掉下来，她身上华丽的衣服和身后的仆人就都消失了，而且，她感觉自己要饿晕过去了。自从四年前嫁给了海魔，她就再也没吃过东西。于是，她去找自己的姐姐，希望姐姐能给她一些食物。但是，两个姐姐都拒绝了她。姐姐们指责她，说："这些食物都是父亲打鱼换来的，当时父亲去世，你一点儿都不伤心，你这样忘恩负义，不配吃父亲留下的食物，更不配得到父亲留下的钱。"于是，两个姐姐瓜分了父亲留在井里的钱，什么也没分给妹妹。

> **名师解读**
> 面对众人的指责，女孩忘记了和海魔的约定，一切都没有了，表明不守承诺的人会付出一定的代价。

> **名师解读**
> 这两个姐姐充分地将自私自利的小人的性格表现了出来，如果当初没有妹妹付出的代价，怎能换回现在的财富，姐姐们才是真正的"忘恩负义"的人。

海魔的妻子来到海边，想找到丈夫，可是，无论她怎样用棍子搅水，都没有人来接她。她想：父母都去世了，姐姐把我赶出来了，丈夫也不要我了，我还不如跳海死了，这样就什么烦恼也没了。就在这时，她听到了丈夫的声音："你是海的王后，绝对不会被海水淹死。你的泪水让

阅读笔记

我们永远不能相见，但是也可以让你找到另一份幸福。现在，你就到树林里去，找一棵枝叶浓密的大树，爬到树上藏起来。过一会儿，就会有一位王子到树下休息，到时候，你就使劲儿哭，让眼泪掉到他身上，你就会得到幸福了。”

女人按照海魔的命令，藏到了一棵枝叶茂密的大树上。不一会儿，果然有一位王子停在树下休息。女人开始默默流泪，她的泪水浸湿了王子的衣服。王子很奇怪，就开始四处张望。然后，王子就派随从爬上树，看看到底是哪里来的水。

仆人从树上下来，告诉王子，树上有一位美丽的女人正在哭泣。

王子朝着树上喊：“您是人，还是魔鬼？”

女人回答：“我是人。”

“那么，您为什么哭得如此伤心？请您下来，我愿意听一听您的故事。”

女人从树上下来，王子一下子就喜欢上了这个藏在树上的女人。女人也表示愿意嫁给王子。王子派人为女人置办了一件漂亮的衣服，然后派人提前回去转告国王，自己要结婚了，请国王派人装饰好城市，准备婚礼。

国王听到自己的儿子要娶妻了，很高兴，立刻下令装饰城市。许多人自发地跑到城门口迎接王子和新娘。

王子回到王宫，向国王讲述了自己和新娘相遇的故事。国王有些犹豫，对王子说："我的儿子，我非常高兴你要娶妻了。但是，你和这个女人刚刚认识，还不知道她的品格和背景，她怎么能做一个合格的王妃呢？"

王子没有听从父亲的话，执意和女人结了婚。婚后，王子和他的妻子和睦地生活在一起。

有一次，海魔趁王子外出，来到女人面前，说："夫人，你现在是王子的妻子了。我知道你不愿意再见到我。但是，是我帮助你嫁给了王子，现在到了你回报我的时候了，这也是我的命令，你必须执行。我快要死了，我死的那天会电闪雷鸣地下一场大暴雨。到时候，你就到海边，把我的尸体背回来，埋到你们卧室里的床底下。"

女人答应了。

这一天，天空中忽然电闪雷鸣，下起了暴雨。女人知道这是海魔死了。于是，女人换上了普通的衣衫，带着一个名叫乌列季的奴隶来到了海边。女人让乌列季把海魔背回了王宫。然后他们把大床挪开，在床底下挖了一个大坑，把海魔放进去，又用土盖好。最后把床放回原来的地方。女人给了乌列季一大笔钱，让他保守这个秘密。看起来好像什么也没有发生过的样子。但是，女人

叙述

这表现出王子对女人的一见钟情的态度。

语言描写

此为语言描写，表明了父亲是一个稳重、成熟的人，考虑得很全面。

阅读笔记

不知道，她的一举一动都在国王的监视中。当初，王子执意要娶女人为妻，但是国王一直都不放心，他觉得这个女人肯定是恶魔，才会把自己的儿子迷得团团转，所以派了三十七个奴仆去监视女人。

列数字

这里以列数字的方式强调国王严重怀疑女人接近王子的目的不是很单纯。

负责监视的奴仆看到女人的举动，就赶紧报告给了国王。国王听到他们的汇报，十分愤怒，让人赶紧把王子叫来，对王子说："我的儿子，我说那个女人是魔鬼，你偏不信，还非要娶她为妻。现在，仆人们亲眼看见，你的妻子和乌列季从海边抬回来一具死尸，还埋在了你们床下。你说该怎么办？"

王子虽然听见国王说有三十七个奴仆亲眼见证，但他还是不愿意相信。他回到家，一脸忧愁。平时回家，王子总是会受到妻子热情的迎接。但是今天，他的妻子也是满脸不高兴。王子什么也没有和妻子说。

终于有一天，王子把国王的话转述给了妻子。妻子以为是乌列季泄露了秘密，心里十分害怕，她决定向丈夫坦白这一切。但是她希望所有人都知道这件事。于是国王就召集所有市民在王子屋前集合。

心理描写

这里女人决定坦白的行为，表现了她心怀坦荡。

国王站在屋前，向百姓讲述了女人和乌列季的所作所为，三十七个奴仆也出来做证。百姓听了很气愤，表示愿意支持国王的决定：处死女人和乌列季。

王子很爱自己的妻子，所以不同意国王的决定。王子认为这一切都来自奴仆的讲述，如果要判刑，必须有确凿的证据。

王子对百姓说："父亲一直都不喜欢我的妻子，这些说不定都是他的阴谋。我绝对不会因为这些谣言就抛弃我的妻子。只要去我的房间，把床搬开，挖开地面，就能知道事情的真相。如果这一切都是假的，我肯定会杀了那些证人。”

证人们纷纷发誓，保证自己绝对没有说假话，还详细地描述了女人如何到海边，如何把尸体埋到床下。

王子带领大家来到了屋子里，命人把床搬开，用铁锹挖坑。刚挖了一点，人们就看到土里有很多钱和金子，越往下挖，就越多。于是王子就下令，让人处死了那些做证的奴仆。

从此，国王就让出了王位，王子和王妃成了这个国家新的主人。

没过多久，王妃原来生活的那个国家发生了严重的饥荒。百姓都投奔到了这个国家，其中就包括王妃的两个姐姐。王妃认出了自己的姐姐，不但没有记恨当初她们把自己扫地出门的事，反而以礼相待，对她们非常好。

阅读笔记

叙述

这里表现出女人的大度，不记恨过去，坦然面对犯错的姐姐。

精简点评

这个故事讲述的是一个女孩为了救自己的父亲嫁给了海魔，在父母双亡的时候，破坏了规矩导致失去了海魔的保护，变回了原来的模样，父母去世，姐姐们拒绝了她的请求，海魔也不要她了，感觉失去了一切的她，想跳海寻死，最后海魔让女孩在一棵树上哭泣，并得到了另一分幸福。女人和王子一见钟情，迅速结婚，虽然国王有怀疑，但是没能阻止王子结婚。女人婚后过着幸福的生活，直到有一天，海魔找到了她，希望她能帮他一个忙，女子答应下来，最后照做了，可是最后还是被发现了。等到危机解除，老国王传位给王子。这个故事告诉我们：生活总会有一波三折，但是只有善良的人才能最终获得幸福。

佳词美句

瑟瑟发抖　和睦　恶魔　愤怒　饥荒　以礼相待

如果只有一条鱼，渔夫就留下自己吃；如果有两条鱼，他就和妻子分着吃；如果有三条鱼，他们就会一家人一起吃。

现在，你就到树林里去，找一棵枝叶浓密的大树，爬到树上藏起来。

天空中忽然电闪雷鸣，下起了暴雨。

阅读思考

1. 女孩为什么愿意嫁给海魔？
2. 女人另一个幸福是什么？
3. 女人最后是怎样对待她的姐姐们的？

会唱歌的鼓和神秘的南瓜

一天早晨，沙滩上有一群孩子在玩耍。这些孩子都住在附近的村子里。这些孩子平时在家里需要扫地、锄草、捡柴，还需要打水，碰上今天这样的假日，才能和小伙伴一起跑出来玩耍。父母告诉他们深海里有吃人的鲨鱼，还有妖精，如果不小心被抓住，就会成为妖精的奴隶，所以他们只在海滩和水浅的地方玩。

> 名师解读
> 村子里的孩子平时都很勤劳，需要做很多的家务，只有假日才可以休息，和小伙伴们一起玩耍，这说明这个村子里的人朴实、勤劳的性格。

每个小孩子都在沙滩上捡了一堆漂亮的贝壳。有一个小姑娘把自己捡到的最漂亮的那枚贝壳放在了岸边的岩石上，她想：这样就不会被别人踩坏了。孩子们玩够了，就带着自己的贝壳回家了。小姑娘走到半路，突然想起来那枚放在岩石上的贝壳，她焦急地喊道："我把那枚最好看的贝壳忘在岩石上了，你们陪我回去拿吧！"

但是同伴们都不愿再跑一趟了，就劝她："你捡了那么多，少了一枚不要紧的。"

小姑娘不愿意，说："可是那枚是最好看的。"

> 名师解读
> 小姑娘说出了一定要回去拿贝壳的理由，说明这个小姑娘对贝壳有着不一样的执着，但是她的坚持没有得到同伴们的支持。

同伴们说："那你自己回去拿吧。我们又累又饿，都想回家了。"

小姑娘没有办法，只好一个人朝海滩走去。为了给自己壮胆，她开始哼唱自编的歌：

我的小贝壳，晶莹又美丽，
安静地躺在光滑的灰色岩石上，
像月亮一样闪耀着光芒。

我的小贝壳，我
怎么能把你遗忘。

小姑娘来到海滩上，看见岩石上坐着一个妖怪，非常害怕。妖怪和蔼地说："可爱的小姑娘，你的声音真好听，再给我唱一遍。"

小姑娘看妖怪不是很可怕，就壮着胆子，两腿哆哆嗦嗦地向前迈了一步，又唱了一遍。妖怪拿起岩石上的贝壳，举着手，对小姑娘说："你再唱一遍，我就把贝壳还给你。"

小姑娘只好又唱了一遍。小姑娘伸着胳膊去拿妖怪手里的贝壳，胳膊却被紧紧地抓住了。

妖怪大笑："哈哈！抓住你了，从现在开始，只要我让你唱歌，你就得唱。"说完，就从岩石后面拿出了一面大鼓。妖怪把小姑娘塞进大鼓里，然后就把鼓皮封上了。

行为、语言描写

此为行为描写和语言描写，小姑娘的天真导致她被妖怪抓走了，妖怪为什么不吃掉她，而是把她放进鼓里呢？为下文做了铺垫。

妖怪冲着大鼓说："我的小宝贝，我什么时候打鼓，你什么时候就要唱歌。如果不唱，我就要打你了。"说完，他就用胳膊夹着大鼓，往附近的一个村庄走去。

妖怪来到村里的一个草棚下，这里是村民平时聚会的地方，妖怪坐下来，然后大声喊着："村民们！我这里有一只会唱歌的鼓，只要你们送给我一些食物，我就表演给你们看，还可以让你们伴着歌声跳舞。"

语言描写

此为语言描写，妖怪用欺骗的方式获取利益，这表明妖怪很有头脑，懂得为自己谋求福利。

人们一听，这个鼓这么神奇，就纷纷给妖怪拿来了食物。妖怪把村民们拿来的食物全吃完了，一点儿也没给小姑娘留。吃饱喝足，妖怪就开始打鼓，小姑娘听见鼓声，就开始唱歌。

村民们见这鼓竟然真的会唱歌，都很惊讶。不一会儿，他们就开始伴着歌声跳起舞来，谁也不会想到大鼓里竟然封着一个小姑娘。人们跳累了，就都回家了。

妖怪见没有人搭理他了，就背着大鼓来到了另一个村庄，让村民们给他送酒喝，喝饱了之后，就开始打鼓。可是歌声一响起，就有人发现了问题。原来，小姑娘的家就在这个村庄，小姑娘一唱歌，她的父母就听出了这是小姑娘的声音。父亲很着急，也很气愤，但是他很理智，说："这个妖怪这么魁梧，我们根本打不过他，而且他还会施展妖术，我们该怎么救出我们的女儿呢？"

反问句

这里运用反问手法，强调妖怪的强大，普通人不是他的对手，想要救出小姑娘只能智取。

母亲说："我有办法，妖怪不是来向大家要酒吗？那我们就给他足够的酒，等他喝醉了，我们就可以把女儿救出来了。"

于是，父亲把家里酿造的好酒全都送给了妖怪，还奉承妖怪说："您真是太厉害了，还有一面这么神奇的大鼓，我从来没有听过这么美妙的鼓声和歌声。"妖怪听见有人夸他，很开心，就喝了很多酒。渐渐地，鼓声越来越稀，到最后，鼓声完全消失了，妖怪也醉倒在了地上。这时候，天已经黑了，村民们都各自回家了。

小姑娘的父母轻轻地凑到妖怪身边，迅速地把鼓皮揭开，里面确实是自己的女儿。父亲对母亲说："你赶快带着女儿回家，把女儿藏在小屋里。我还有些事，办完了就回去。"

动作描写

此为动作描写，将妖怪灌醉后轻松救出女儿，说明小姑娘的父母抓住了妖怪的弱点，一击即中。

阅读笔记

父亲说完，就独自离开了。他先到树林中逮了两条毒蛇，接着又从地上挖出一窝咬人的蚂蚁，最后还从附近树枝上捉来一大群马蜂，他把这些东西全都塞进了妖怪的大鼓，然后封好鼓面。

妖怪酒醒的时候，已经是第二天早上了，他本来打算直接离开这里，去一个新的村子。但是有很多村民说自己还想再听一次那美妙的歌声，请求妖怪再打一次鼓。妖怪听着村民们的夸奖，心里很骄傲，便决定再打一次鼓，可是无论他怎么敲，他的鼓也不会唱歌了。村民们哈哈大笑，嘲笑他拿的是一面破鼓。妖怪很尴尬，也很生气，他决定把小姑娘打一顿。于是，妖怪夹着大鼓，来到树林中一块荒无人迹的空地，恶狠狠地说："你竟然不听我的命令，现在，我要打你一顿，给你个教训！"然后他气急败坏地揭开了鼓皮。结果大鼓里并没有小姑娘，反而飞出了一大窝马蜂，落在他的身上乱蜇；爬出了一堆蚂蚁，在他的脚上乱啃；还爬出了两条毒蛇，狠狠地咬了他几口。

行为描写

此为行为描写，这就是妖怪害人的下场，也表明做坏事的人是需要付出代价的。

妖怪受不了马蜂、蚂蚁和毒蛇的同时攻击，不一会儿就死了。

第二天一早，小姑娘的父亲出门打猎，在树林里见到了妖怪的尸体，还有那面鼓面掀开的大鼓。可是，等晚上父亲打猎回来，发现妖怪的尸体和那面大鼓都不见了，而且在那个地方，长出了一棵奇怪的南瓜藤。父亲把事情的原委告诉村民们，警告他们不要靠近那片危险的地方。

叙述

在妖怪死亡和大鼓破损的地方长出一棵奇怪的南瓜藤，引起读者的阅读兴趣。

几个月后，南瓜藤上结出了很多大南瓜。有一天，一群小男孩跑到了树林里玩耍。他们见到了这些大南瓜，非常惊奇。他们可从来没有见过这么大的南瓜！一个小孩子说："我们快离开这里吧。大人们说这里是魔鬼之地，别碰这棵南瓜藤！"

年龄最大的那个孩子，一脸不在乎，说："胆小鬼！我才不害怕呢，我要摘一个最大的带回家，晚上就吃了它。"

别的小孩子都劝他赶紧走，可是这个大孩子偏不听，他弯腰抓住了南瓜藤。突然，一个大南瓜冲他滚过来，把他撞倒在地。其余的孩子被吓得转身就跑，大孩子也挣扎着爬起来，跟着他们往回跑，回头一看，南瓜竟然一直在后面追他们。慌乱中，孩子们跑错了路，边跑边喊："救命呀，救命呀！"一直跑到了河边。河上漂着一艘小船，划船的是一位老人。老人听见孩子们的呼救声，就赶紧把船划到了岸边，孩子们跑上船，对他说："爷爷，有只妖瓜正在追我们。"老人果然看见有一个南瓜正向这边滚来。老人赶紧向对岸划，没想到，南瓜竟然滚上水面继续追。

名师解读

突然一只南瓜活了过来，把孩子们都吓坏了，吓得大家拼命地跑，回头发现南瓜居然在追他们。表现出孩子们被南瓜追赶时惊慌失措的样子。

小船到了对岸，孩子们慌张地爬上岸，继续逃跑。一会儿，孩子们就跑进了一个村庄。孩子们跑向一群正在闲聊的老人，哭着对老人们说："救命呀，救命呀！有只妖瓜正在追我们！"

老人们岁数大了，经历过的事情多，知道妖怪的灵魂常常以瓜为家，相信孩子们真的碰见了妖怪，就赶紧把孩子们藏在了一间小屋的夹墙中间。然后，装作什么都没发生过的样子，坐在树下聊天。大南瓜径直滚到了老人中间，吼道："把那群小孩子交出来，他们都是我的奴

名师解读

老人岁数大了，见识并经历的事情多了，就懂得很多处理办法，也就可以处理南瓜的事情。

隶！”他在地上滚来滚去，使劲地撞老人的腿，威胁老人们把孩子们交出来。

孩子们藏在屋子里，被吓得脸色发白，他们听见村长对老人们说：“拿出你们的剑，把南瓜剁碎，杀了这个妖怪！”然后，外面就传来了一阵刀剑和南瓜碰撞的声音，还有妖怪的呻吟声。没一会儿，南瓜就被老人们剁成了碎块。

老人们冲着屋子喊道：“孩子们，出来吧。拿些柴火来，烧死这个妖怪。”老人们和孩子们在村子里点起了一堆大火，把南瓜烧成了灰烬。

村长说：“现在，我们得把灰撒到四处，它们就没有办法聚合起来了，这样才能真正消灭妖怪。”

语言描写 此为语言描写，从村长的口中得知杀死妖怪的真正办法，表明老人有丰富的阅历和经验，这就是经验之谈。

孩子们跑到风口，欢呼着把灰烬撒向空中，灰烬就随风飞走了。

孩子们安全地回到了各自的家，他们眉飞色舞地讲述了消灭妖瓜的事情。很快，周围的村庄都知道妖怪已经被彻底消灭了。这时候，那个曾经被妖怪关在鼓里的小姑娘也恢复了正常生活。小姑娘戴着那枚贝壳做的项链，和大家一起跳起了欢乐的舞蹈。人们又过上了安静、祥和的日子。

叙述 这说明在得知妖怪被杀死后，小姑娘心中的阴影慢慢地消退，恢复了正常。

精简点评

村子里的孩子们喜欢在假日期间去海边捡贝壳，有一个唱歌很好听的小姑娘捡到一个最美的贝壳，但是在回家的路上才想起忘了拿，于是小姑娘一个人回去找贝壳，不想被妖怪抓住塞进一个大鼓里，就这样，她跟着妖怪来到一个村庄。妖怪说："我这里有一只会唱歌的大鼓。"村民们很好奇，于是妖怪就在这个村里骗吃骗喝，一点都不在乎小女孩的死活。第二次，妖怪来到的是小女孩家所在的村庄，歌声被小女孩的父母听出来了，父母着急地商量办法，然后救出了小女孩，父亲为了报复这个妖怪，就往鼓里放了些毒蛇、蚂蚁、马蜂，最后杀死了怪物。但是妖怪最后变成了南瓜，想收一群小男孩当奴隶，但最后彻底被村长杀死了。

佳词美句

哆哆嗦嗦　魁梧　气急败坏　魔鬼之地　眉飞色舞　理智　奉承

父母告诉他们深海里有吃人的鲨鱼，还有妖精，如果不小心被抓住，就会成为妖精的奴隶。

小姑娘看妖怪不是很可怕，就壮着胆子，两腿哆哆嗦嗦地向前迈了一步，又唱了一遍。

阅读思考

1. 会唱歌的鼓是怎么回事？
2. 妖瓜最后被谁消灭了？
3. 妖怪是怎样死的？

荒　年

有一个地方，已经好几个月没下过雨了，田地旱得裂开了口子，人们吃完了仅存的玉米和小米，牲口们啃光了田里最后几根玉米秆，整个地区的人和牲口一天比一天消瘦。

肯克伯嫌弃妻子德玛查做的饭太少了，一直在不停地咒骂。德玛查自己和小儿子马高达本来就饿得浑身发软，肯克伯这样的行为让她更恼火了，所以德玛查反驳说："是你自己打不到猎物，既然这样，你干吗不带点儿粮食回来？"

肯克伯觉得德玛查简直在说胡话，回嘴说："天旱成这个样子，我去哪里弄粮食啊？现在，地里长出来的不是粮食，是热浪。"

德玛查是个机灵的女人，而且婆婆还教给了她一些巫术。她对丈夫说："重新找个地方生活太麻烦了，还不如去求助亲戚。我父亲生活的那个地方就不会闹荒年，如果把我们的情况告诉他，他肯定愿意帮忙。"

肯克伯一听，很愿意去跑一趟。他想：我去了老丈人家，肯定会受到热情的招待。丈人的家在温暖的谷地，我去了之后，不仅能吃饱，还能吃得特别好。于是，他带着两条狗——通通结和姆邦波索结列——就出发了。肯克伯饿了太久了，身上一点儿力气也没有，和他做伴的那两条狗也瘦巴巴的，他们走了将近一天才到了克拉阿尔丈人的家。肯克伯看到这里的山坡上有嫩草，小河里

阅读笔记

名师解读

肯克伯幻想着去老丈人家能吃好吃饱，完全没有考虑妻子和孩子，这充分证明了肯克伯是个自私自利的人，他只想着自己能过好就可以了，不考虑其他人的想法和安危。

河水丰盈，联想到传说里的富庶之乡巴布卡，便轻轻说道：“虽然我没有见过巴布卡，但是我觉得我很快就能吃饱了！”

和肯克伯想象的一样，他受到了丈人的热情招待。丈人选了一头最肥的牛宰了，然后问他：“孩子，你们那儿有什么新鲜事儿发生吗？”

名师解读

肯克伯口是心非的状态说明他的目光不会长远，只在乎眼前的利益，这是自私的人共有的特征。

肯克伯回答：“哎，父亲，我们那儿能发生什么新鲜事儿啊？我们都快饿死啦！”

丈人感叹道：“说实话，你们住的地方真不怎么样！你们应该搬过来和我们一起住。”

肯克伯敷衍地回答：“是呀……”他现在满脑子都是那头牛，眼睛滴溜溜地盯着仆人宰牛。

过了一会儿，肯克伯问：“父亲，我看家里有不少食物啊。”

丈人听见肯克伯的话，一脸得意地说：“是啊，家里还有一些粮食，可以让你带回去给我的女儿吃。”

丈人家宰的那头牛太大了，全家人连着吃了六天才把所有肉吃完。吃完肉以后，他们一家子又吃了蹄子和牛骨头里的骨髓，最后小骨头也让通通结和姆邦波索结列吃完了，肯克伯还是没有回家的意思。丈人这回有些纳闷了。后来，丈人又给肯克伯准备了七袋粮食，还让几个女儿把粮食送到他家里去，可是肯克伯还是没有离开的打算。丈人又不好意思把人赶走，就开始胡思乱想：“难道我把女儿嫁给了一个游手好闲的流氓，他看起来还没有树林里的羚羊懂事，这样的话，我的女儿可要过苦日子了！”

语言描写

此为语言描写，通过几天的相处，丈人了解了肯克伯的底细，认为他是一个不可靠的人，已经预料到自己女儿的苦日子要来了。

肯克伯吃饱喝足，终于想起了自己的家，然后就发现丈人早就替他准备好了粮食，并用羊皮口袋装着。肯克伯的几个小姨子把口袋顶在头上，大清早就跟着他和他的狗出发了。

肯克伯走在路上，心想：我当时来的时候，双腿发软，眼冒金星，可是现在呢，我感觉自己有使不完的力气。于是，肯克伯边走路边唱歌，有时候，还停下来逗逗姑娘们，可是姑娘们完全不搭理他。

他们一行人刚爬到高山顶上，肯克伯的脑子里就冒出来一个坏主意：这些粮食我自己都不够吃，哪里还能分给德玛查和孩子？我要把这些粮食都藏起来。等走到荒凉的岩石堆，肯克伯就对姑娘们说："这儿离我家不远了，我自己可以扛回去，你们把口袋撂在地上，赶紧回去吧，这样，天黑前还可以赶到家。"

姑娘们早就想离他远远的了，一听到这话，就赶紧把口袋扔在地上，跑回去了，她们想在天黑之前赶回家。

肯克伯把粮食搬进岩石下面的一个小山洞里，然后找到了一块扁平的大石头和一块较小的圆石头，打开一袋小米，开始蹲在地上碾小米。他随身带的葫芦瓶里有水，他就用这些水把磨成的面和成了面团，然后把面团搓成了长条儿，看起来就像人们荒年里用来充饥的一种野草根——楠格薇根。

肯克伯小心翼翼地把面做的"楠格薇根"装进了自己的皮口袋，然后用树枝堵上了洞口。出来后，他挖了一些真的楠格薇根放在皮口袋里，和面放在一起。

肯克伯回到家的时候，天已经很黑了。德玛查听见

阅读笔记

动作描写

此为动作描写，表现了肯克伯的自私与心机深沉，暴露出他丑恶的嘴脸。

熟悉的狗叫声，就打开了门。肯克伯进到屋里，坐到了炉边。妻子开始扇火，她看见肯克伯的脸变圆了，就问：“你把粮食带回来了吗？”

语言描写

此为语言描写，由于肯克伯的变化，妻子对于他的话半信半疑，写出了肯克伯的自私与虚伪。

肯克伯摇摇头，说：“父亲那边也闹旱灾，到处都是挨饿的人，我去了好几个谷地，全都没有粮食，只好空手回来了。不过，我在路上挖了一些楠格薇根，就带回来了。”

德玛查说：“没办法，那就只能吃它了。现在，家里一点吃的也没有了。”

肯克伯交给妻子一把楠格薇根，自己拿了一把小米面做的“根”，坐到了炉子旁边。这时候，他们的小儿子马高达醒了，饿得哇哇直哭，母亲让他下床过来吃东西。马高达爬下床，坐到母亲身边，问道：“为什么爸爸烤的那根那么香，我们的不香？”

母亲说：“男人和女人烤出来的味道不一样，爸爸是男人。”

半夜，德玛查起来添柴火，她看见灰烬里有一小段楠格薇根，是丈夫吃剩的，德玛查不忍心浪费，就捡起来吃了。这段根嚼起来又香又酥，她一下子就明白了，肯定是肯克伯欺骗了自己。

第二天一早，马高达刚睁开眼，就看见父亲抱着一个小瓦罐出门了，看起来鬼鬼祟祟的。马高达晃醒还在熟睡的德玛查，说：“妈妈，妈妈！爸爸抱着你的瓦罐出门了！”

叙述

儿子发现肯克伯一大早就出去了，叫醒妈妈后，两人跟着肯克伯一路向岩石走去。说明妻子很谨慎地想看看丈夫到底在搞什么鬼，所以才跟踪他。

德玛查起身一看，火炉上的瓦罐果然不见了，外边的大门大开着。德玛查带着马高达追出去，看到肯克伯一直往岩石方向走去。德玛查和马高达就偷偷地跟在肯克伯身后。肯克伯以为妻子和儿子还在睡觉，一路上都没有回头，大摇大摆地进了山洞。母子俩躲在岩石后面，看见肯克伯从山洞搬出来了一袋小米和他磨面的工具，开始在洞口碾小米。

马高达看见父亲像女人一样蹲在地上磨面，忍不住哈哈大笑。德玛查害怕被肯克伯发现，就赶紧捂住了马高达的嘴，然后拉着马高达从岩石后面绕到山洞上面去了。德玛查发现肯克伯竟然私藏了小米，很生气，就和儿子一起把悬在洞口上方的大石头推了下去。肯克伯听见动静，一抬头，就看见一块大石头正从山上滚下来。肯克伯站起身来，拔腿就逃。德玛查施展巫术，让石头跟着肯克伯。肯克伯跑过岩石地，爬上山坡，下到谷地，走过干涸的小溪，穿过菜园，穿过房舍，那块大石头一直紧紧地跟在他身后。路上的人看见竟然有一块石头会追着人跑，都感到很奇怪。

> **行为描写**
> 此为行为描写，妻子知道真相后很生气，施展法术让大石头追他，算作是惩罚。

德玛查趁机带着马高达走进山洞。他们看见山洞里有好几袋小米，特别高兴！德玛查把一袋小米搬出山洞，吩咐马高达用树枝堵上洞口，然后把小米顶在头上带回了家。

几个月以来，德玛查和马高达第一次吃饱饭。吃完饭后，他们美美地睡了一觉。傍晚，德玛查开始动手做晚饭，就在这时，突然听见了一阵轰隆隆的声音，然后“咚”的一声停了下来。肯克伯知道肯定是妻子发现了自己藏小米而给石头施加了巫术。所以肯克伯悄悄从门缝里挤进来之后，就安静地躺在火炉旁的地上，大口大口地喘气。德玛查打量了他一下，仅仅过了一天，肯克伯就变瘦了，累得只剩一口气，看起来很老实，就像个听话的小孩

> **名师解读**
> 肯克伯明知道自己的妻子会法术，还对她动用心思，这说明当贪念占据大脑的时候，人就会变得无所畏惧，这里肯克伯自私自利的行为得到了小小的惩罚。

子。德玛查心想：这就对了，你从我父亲家回来的时候，可是白白胖胖的。德玛查很心疼自己的丈夫，但是脸上一点儿也没表现出来。

名师解读

不知道是因为心中有愧，还是了解妻子的为人，面对妻子的责问，肯克伯都如实回答，可见肯克伯除了是一个自私的小人以外，还是一个欺软怕硬的家伙，妻子的行为让他接受了一定的教育。

德玛查吓唬肯克伯：“你把我的石头弄到哪儿去了？”

肯克伯乖乖地回答：“就在门后面，今天，它追了我一天，追着我把我们这一片都转遍了，现在就停在门口。”

德玛查气呼呼地对肯克伯说：“你可别想跟我要什么吃的，这些东西只够我和儿子吃。”

肯克伯不敢提要求，铺开席子，盖上被子，就准备睡觉了。德玛查不舍得让他挨饿，过了一会儿，就叫他一起吃饭了。

肯克伯可不止做了一件蠢事。做饭需要用到火，但是肯克伯又懒惰又自私，火灭了也不会管，再加上长期挨饿，德玛查和肯克伯都没有力气去捡柴火，所以德玛查既要保护好火苗，又要节约柴火。

有时候，肯克伯会带着两条狗去打猎。有一天，他带回来了一只母羚羊和一只小羚羊。虽然他很想吃肉，但是想到有小羚羊在，母羚羊会一直产奶，他就乖乖地把它们关在牲畜栏里。

名师解读

此为暗喻，连狗都知道，装成羊就失去了狗的本质，何况是人呢，伪善的面具戴的时间长了就忘记了做人的本质了。

肯克伯和他的两条狗商量：“我想吃肉，但是这样就没法喝奶了。这样吧，我把小羚羊宰了，你们装成小羚羊的样子去吮母羚羊的奶，这样，母羚羊就能不断地产奶了。”

通通结说：“装成羚羊的样子，就没法汪汪叫了，我才没那么傻呢，我不去！”

肯克伯冲着姆邦波索结列问：“那你呢？”

“可以啊，正好我想尝一尝羚羊奶的味道。”

于是肯克伯把小羚羊宰了，剥下小羚羊皮，套在狗身上。母羚羊没有认出那不是自己的孩子，每天辛勤地产奶。肯克伯一家吃了小羚羊，终于恢复了一些力气。

有一天，肯克伯跟在姆邦波索结列身后等着挤奶，结果它喝起来没完没了的，肯克伯等得不耐烦，就举起棍子打了它一下。姆邦波索结列挨了打，“汪”的一声就叫了出来，羚羊回头一看，发现每天喝奶的竟然是一只小狗，十分恼怒，立刻就挺着犄角冲肯克伯撞了过去。羚羊追着肯克伯到处跑。德玛查听见外面乱哄哄的，赶紧跑出来看。她对自己的丈夫喊：“爬到石头上！”

动作描写

此为动作描写，表现出羚羊的愤怒与生气。

肯克伯听见妻子的指挥，就冲着那天追他跑的魔石跑过去，然后“嗖”的一下就跳上去了。羚羊来不及停下，“咚”的一声就撞上了石头，然后晕死过去了。

肯克伯蹲在石头上，乐呵呵地说：“这回我们可以大吃一顿了！”他完全把喝奶的事儿丢到脑后了。德玛查和马高达取来刀，他们一块动手宰羊。他们把羊的肚子剖开，把掏出来的五脏六腑扔给了狗，然后把羊肉切成一小块一小块的。

语言描写

此为语言描写，自私的人往往都是重视眼前的利益，没有长远的打算，肯克伯看到羚羊死了，只想着吃肉，却忘记了需要羊奶来维持长久的营养。

等他们准备烤肉时才发现火熄灭了。原来，德玛查刚才光顾着切肉，忘了添柴火，火就熄灭了。他们使劲儿吹那几块炭，可是怎么也燃不起来。

德玛查说：“我们和狗不一样，生肉可不能吃。马高达，给你块肉，你拿着去隔壁村换一块燃烧着的炭火回来，路上你吹着点，千万不能灭了。”

两条狗正开心地啃骨头，谁也不愿意和马高达做伴。

名师解读

这里说明了在人类的自私面前是没有情面可言的。危难之际显真情，可见在这里是看不见一点希望的。

马高达只好自己去借炭火。他把肉小心翼翼地藏在怀里，紧张兮兮地走进了第一户人家，结果被人赶了出来：“我没有火，你为什么不跟邻居借？你赶紧离开我家。”

马高达只好又往前走，可是不管他去谁家，都会被赶出来。

最后，马高达来到了一所破旧的小房子里，房间里只有一位瘦弱的老奶奶。马高达又累又委屈，哭着乞求老奶奶：“求求您给我一块炭火，或者一段燃烧着的木头，妈妈让我出来借火，可是我走遍了整个村子都没有借到，求求您了。”

老奶奶在火炉旁边蜷坐着，马高达说了半天，她还是一直摇头。马高达狠狠心，掏出了藏在怀里的肉。老奶奶一看见肉，立刻从火炉里抽出一根烧得正旺的木头，塞到了马高达手里，然后大喊：“肉，快把肉给我！”

马高达把肉扔给老奶奶，拿着火把赶紧朝家跑去。他生怕火灭了，一路上都小心地护着。

动作、语言描写

此为动作描写和语言描写，表现出在巨大利益面前，会让人失去仅存的理智。同时也说明没有强大的实力支撑着，利益往往会害得所得者损失惨重。

马高达借火的事情早就引起了别人的关注，他们守在老奶奶门前，见马高达拿着火把跑了，一会儿，就闻见屋子里飘出来一股香喷喷的烤肉味儿。

他们兴奋地大叫着：“肉呀！这是肉味！”然后就冲进屋子，抢走了老奶奶的羚羊肉。“肉是那个小孩子送来的！他家里一定还有！赶紧出去追他！”

他们在马高达的身后，大喊：“别跑，别跑！”马高达听见他们的喊声，跑得更快了。他冲进家门，对父母说：“快藏起来！快！快！”

德玛查一下子就明白肯定是有人盯上了他们家的肉，

就赶紧和马高达一同跑出去，藏在了森林里。肯克伯舍不得那些羚羊肉，就带着一只后腿，藏在了离家不远的岩石缝里。肯克伯从岩石后看到那些人找到了羚羊肉，等不及煮，就生吃了。吃完，那些人就开始在肯克伯家和周围翻找食物。那些人路过肯克伯藏身的地方，闻到了肉味儿，然后就找到了肯克伯和他私藏的一只羊腿，那些人不仅吃光了那只羊腿，还打死了肯克伯。

有个人说："他藏在这里，他的老婆和孩子一定也离得不远！"不一会儿，他们就找到德玛查，把她带回村子里。马高达回家了，这下全家只剩下他一个人了。不过，还好有两条狗和他做伴。他们挤在火炉旁，一会儿就睡着了。

德玛查被关了起来，不过没过多久，她就想出了逃跑的主意。她藏起对孩子和丈夫的关心，装作一副满不在乎的样子，问："你们想喝啤酒吗？"

名师解读

面对危难的时候，要保持冷静，寻找破绽，伺机逃走。德玛查为了逃跑学会了伪装自己，以麻痹敌人，并且适当地给一些甜头，为最后逃跑创造机会。

那群人觉得她在说胡话，问："我们连吃的都没有，哪里来的粮食酿啤酒？"

德玛查说："那你们就不用操心了，我丈夫之前在山洞里藏了两袋小米，酿啤酒肯定是够了！"

男人们非常兴奋，命令德玛查赶紧去山洞把小米带回来，还派了自己的老婆去帮忙扛米。除此之外，还专门派了两个男人去保护她们。有一个女人脸上露出一丝不满意，说："粮食这么少，有小米了应该留着慢慢吃，怎么能酿啤酒呢？"说完，就挨了丈夫一顿痛打。

名师解读

在利益面前，有的人可以保持冷静，但是大多数人会失去理智，这个说留下粮食慢慢吃的女人，就是在利益面前能保持冷静的人，可是她身边大多数人却把她当成傻子，这就是人性。

德玛查的酿酒技术很高，在女人们的帮助下，很快就酿出了啤酒。德玛查邀请全村的男人畅饮一番。一开始，男人们吵吵闹闹的，弄得动静很大，渐渐地，声音越来越

阅读笔记

小，到最后，他们全都醉倒了。

德玛查看到男人们都醉倒了，心想：终于可以逃出去了，也不知道我的儿子现在怎么样了。她轻轻地走出屋子，然后撒腿就跑。虽然路上黑漆漆的，看起来很恐怖，但是她想着自己的家，就壮着胆子跑回去了。到了家门口，她看见那块魔石还挡在家门口，大门紧闭着。

她趴在门上喊："马高达！马高达！你在家里吗？"

通通结最先听见了德玛查的声音，开心地叫："汪！汪！"不一会儿，姆邦波索结列也开始叫。

德玛查的心怦怦乱跳，她知道孩子肯定在家，于是提高嗓门叫道："醒醒，醒醒，马高达！妈妈来接你了！"

马高达听见妈妈的声音，赶紧跑过来开门，刚打开门，两条狗就从门后蹿了出来，差点儿把德玛查扑倒。马高达跟着跑出来，一把抱住了妈妈。

"孩子，我们得赶紧走。这些锅碗瓢盆什么的，我们都不要了。趁天没亮，我们赶紧走吧，妈妈带你去外祖父家。"

> **语言描写**
> 此为语言描写，妻子见到孩子安全后就舍弃了一切累赘，当机立断，要去父亲家，这表明了妻子是个做事果断的人，也明白利害关系，懂得取舍。

临走前，德玛查对魔石说："你就待在这里，监视我逃回来的那条路，如果有人追过来，你就压过去，一定要挡住他们。"然后，马高达就看见巨大的魔石朝德玛查来的那条小路上滚过去了。德玛查朝着另一个方向离开了，马高达跟在她身后，两个人手里都拿着防身的棍子，后面跟着两条活蹦乱跳的狗。

他们赶了一夜的路，直到第二天天亮才赶到了德玛查的父亲的家。

父亲高兴极了，对德玛查说："亲爱的女儿，欢迎你回家！我早就发现肯克伯是个不靠谱的人，你能离开他，我真是太高兴了。从今天起，你们就住在父亲这里，我们一家人好好过日子。”

这件事已经过去很多年了，可是直到今天，在阿马霍沙部落，“肯克伯”在人们心中还是自私自利的代名词。如果有谁私吞食物，不懂得分享，人们就会羞辱他，管他叫“肯克伯”。

语言描写

此为语言描写，父亲认清了肯克伯的本性，为女儿摆脱了肯克伯而高兴，从此一家人开心地生活在一起。

精简点评

这个故事讲述了荒年间，一个关于人性问题的故事。在庄稼颗粒无收的旱灾年，人们为了填饱肚子，将人性的善恶表现得淋漓尽致，纷纷撕下伪善的面具，肯克伯就是一个自私又懒惰的人，为了霸占从丈人家取回来的粮食，选择欺骗自己的妻子，结果被妻子发现了真相，才不得不全盘告知，又因为家里没有火源，以一块肉的诱惑引来了杀身之祸。肯克伯被失去理智的人们杀死，德玛查和儿子最后经历了一番困难回到了父亲的身边，过上了幸福的生活。这个故事告诉我们：在巨大的利益面前，人性会充分地暴露出来，只有学会克制，冷静地去分析，才能看清楚人的本性。

佳词美句

大摇大摆　懒惰　怦怦乱跳　活蹦乱跳　敷衍

这里的山坡上有嫩草，小河里河水丰盈。

他看起来还没有树林里的羚羊懂事。

一路上都没有回头，大摇大摆地进了山洞。

一开始，男人们吵吵闹闹的，弄得动静很大，渐渐地，声音越来越小，到最后，他们全都醉倒了。

虽然路上黑漆漆的，看起来很恐怖，但是她想着自己的家，就壮着胆子跑回去了。

阅读思考

1. 肯克伯去丈人家取粮食，为什么赖着好些天不走？
2. 是什么导致了人们变得自私起来？
3. 肯克伯死亡的原因是什么？

名叫“比国王聪明”的奴仆

国王有三个奴仆，每个奴仆各生了一个儿子，他们分别名叫“看不见”“神的恩赐”和“比国王聪明”。儿子们长大以后，都去给国王干活儿。国王叫人给看不见一捆高粱，也给神的恩赐一捆高粱，可给名叫比国王聪明的奴仆的是一捆稻草。国王对他们说：“明年你们必须给我带来三百捆高粱。”

> **对比**
> 这里运用对比的修辞手法，突出了国王对比国王聪明的不友善。

过了一年，庄稼收割了。看不见和神的恩赐每人给国王带来了三百捆高粱，而比国王聪明只提了一篮子秕糠，他们来到国王面前，看不见说：“这是我的三百捆。”

“这是我的三百捆。”神的恩赐说。

“这就是我的收成。”比国王聪明说。

国王问他：“为什么你没有给我带来三百捆高粱？”

“我把你给我的一捆稻草种上，就把它长的东西给你。”比国王聪明回答说。

国王叫人牵来两头母牛，把它们给了看不见和神的恩赐，而给比国王聪明一头公牛。

第二年，看不见给国王带来两只牛犊，神的恩赐也给国王带来两只牛犊。而比国王聪明肩上搭把斧头，来到国王跟前，爬到长在王宫旁边的一棵树上，开始砍树。

> **动作描写**
> 此为动作描写，国王要的结果是牛犊，为什么他要砍树呢？设置一个小的悬念，吸引读者的注意力。

国王问：“看不见和神的恩赐每人给我带来了两只牛犊，比国王聪明在哪里呢？”

“他在砍木柴。”国王的仆人说。

“哎，你这个比国王聪明呀，”国王说，“你在树上干什么呢？”

“我给我那生下我的父亲砍柴。”比国王聪明回答说。

“你怎么这样说呢？难道男人能生孩子吗？”国王喊叫道。

“哦，原来你也知道，”比国王聪明说，“男子不能生孩子，可是你给我一头公牛，却希望它生两只牛犊。”

> **语言描写**
> 此为语言描写，他说出了砍树的理由，表现出他对国王的嘲讽，可见其机智的一面。

国王生气了。

“我要怎样对付这小子呢？”他问。

一个朝臣说：“设计杀死他。给他一身华丽的衣服、绣花缠头和一匹好马，而给你自己的儿子一身旧衣服、旧缠头和一匹跛马。打发他们到林子里去，命令强盗把那个穿好衣服的人杀死。这样比国王聪明必死无疑了。”

国王同意他的意见，就这样做了。

比国王聪明派一个人带着十壶酒和十壶水先走，当国王的儿子和比国王聪明赶上这个人的时候，比国王聪明就说：“让我们喝口水吧。”比国王聪明拿一个酒壶给国王的儿子，自己却喝着水。往前走了一会儿，比国王聪明又想喝水，还像第一次一样，比国王聪明喝的是水，而国王的儿子喝的是酒。国王的儿子喝醉了，害起病来。这时比国王聪明说：“喂，国王的儿子，你不舒服，可我不会让你一个人倒霉的，我的华丽衣服、绣花缠头、好马，你都拿去，把你的旧衣服和跛马给我。”

> **名师解读**
> 这里写出了比国王聪明实施计谋的过程，他以将计就计的方式，反将国王一军，表现出他的机智与聪慧，也是对上文的呼应。

他们交换了衣服和马，继续往前走。不久他们走到了埋伏着强盗的地方。强盗抓住他们，把国王的儿子杀了。而比国王聪明回到王宫，向国王问过好之后，说：“难道有人比得上我吗？”

国王回答说："有，就是我。"

他跳起来去抓比国王聪明，比国王聪明变成一只青蛙，国王便变作一条蛇，想吞掉青蛙。但比国王聪明又变成一只老鼠，国王就变成一只猫。可老鼠又变成一只鸟飞向高空，这时国王便变作一只鹰去追鸟。鸟飞到一位老太婆跟前，飞进她的眼睛里，变成了眼珠，鹰就变成了眉毛。一直到现在，眼珠都不走出自己的掩蔽所，以免被守候在旁边的眉毛抓住。

名师解读

通过举例子的方法说明国王和比国王聪明这两个人不管变成什么都是斗争的关系。

精简点评

这个故事采用了对比的手法讲述了一个针锋相对的故事，虽然文中是三个仆人在做对比，实际上是国王与比国王聪明二人在进行智慧的斗争，面对国王的刁难，每次都是比国王聪明获胜，在王子死后，二人就一直斗争下去。这个故事告诉我们：良性的斗争有助于双方的实力提高，比如学习时，"三人行，必有我师"，相互讨论会给你带来不一样的思路。

佳词美句

秕糠　高粱　绣花　跛马　掩蔽

比国王聪明变成一只青蛙，国王便变作一条蛇，想吞掉青蛙。但比国王聪明又变成一只老鼠，国王就变成一只猫。

一直到现在，眼珠都不走出自己的掩蔽所，以免被守候在旁边的眉毛抓住。

阅读思考

1. 国王和比国王聪明二人第一次对抗是什么原因？
2. 第二次交锋又是因为什么？

两个骗子

一个狡猾的农民在罐子里装满牲口粪，上面盖一层薄薄的奶油，拿到市场去卖。他走到离市场不远的一棵大树底下，坐下来歇脚。这时，另一个狡猾的农民在罐子里装满了泥土，上面盖一层薄薄的白蜜，也拿到市场去卖。他走到这里，也坐下来休息。

> **对话描写**
>
> 此为对话描写，两个骗子都是谎话连篇，推动了下文故事情节的发展，起着引人入胜的作用。

两人打过招呼以后，卖奶油的人问："你拿的什么？"

"我去卖上等纯净白蜜，你呢？"

"我带着一罐上等纯净奶油，到市场去卖掉，准备再买点白蜜配药，如果你同意的话，我们把货交换得了。"

卖蜜的人心想：我一罐子泥土可以换到一罐上等纯净奶油，只有傻瓜才不干呢！便高兴地同意了。他便说他有许多蜂蜜，他要把蜜卖掉，买些奶油，准备女儿出嫁用。

> **名师解读**
>
> 他的笑声中包含着嘲笑和被嘲笑两层含义。他嘲笑被骗的人傻，自己用骗术将自己的东西成功地和其他人做了交换，认为用差的东西换回了好的东西；被嘲笑是因为他发现那个人也是个骗子。

卖奶油的人也非常高兴，他以为一罐子牲口粪换来一罐上等纯净白蜜，占了天大的便宜。两个人交换了罐子，便迅速分手，各走各的路了。

卖奶油的对自己的高明骗术非常满意，走了不多远，便想去尝尝这上等纯净的白蜜，打开罐子，用手指去抠，只见一层薄薄的白蜜底下尽是泥土，他明白了他遇到了一个像他一样的骗子，便大笑起来。那个卖蜜的很快也发现了上等纯净奶油原来全是牲口粪。

第二天，他们两个又来到市场，而且又在那棵树下见面了。

“是你呀！”一个问。

“你也来了！”另一个回答。

开始两个人互相指责、谩骂，甚至要动起武来，但很快就和解了，笑着夸奖对方聪明，接着便成了好朋友，并且两人还搬到一起住，成了朋友加邻居。

他们商量着今后如何生活。后来决定到远处去做生意。他们便各自回家去准备。一个叫老婆在面粉里掺上草木灰，烙成饼，还带些白灰装作面粉，另一个也是这样。准备好后，他们俩便一起上路了。

走到傍晚，他们停下来，拾些柴火，打来清水，烧起篝火，准备做晚饭。

一个说：“你的担子很重，今天晚上就用你的面粉煮稀饭，明天再用我的。”另一个说：“不，你挑的比我的重，今天晚饭先用你的面粉，明天再用我的。”

两人争来争去，谁也不拿出面粉，只好饿着肚子睡了。

第二天早晨，两人又一起上路，傍晚来到一条河边。他们又争论该谁先拿面粉，结果又饿了一夜。第三天，他们又是赶路、争论、挨饿。这时，有一个忍不住了，打开口袋，拿出白灰，装作自己什么也不知道的样子，把白灰放进开水里，然后骂起老婆来；另一个也打开口袋，装作去拿面粉，结果也说：“我老婆和你老婆都是一样的货色。”

他们互相嘲笑着、指责着。一句谚语就是从这里得来的：两个骗子的稀饭是白水煮白灰。两个挨饿的骗子只好到村里去讨点吃的。他们从这个村走到那个村，一点东西也没讨到，因为谁也不愿意开口。最后他

阅读笔记

名师解读

两人心里总想着占对方的便宜，不愿意主动分享自己的成果，表明两个骗子都是自私自利的人。

叙述

这里表现出二人自私自利的性格特征，都不愿意开口讨吃的，两人只能继续挨饿了。

阅读笔记

们决定去偷。

他们走到一群绵羊跟前，但是牧羊人看得很紧，他们没有偷成；后来又碰到一群山羊和一群母牛，也因为看守得严，没有得手。他们走到一个山岗上，看见底下平原上一个农民赶着两头公牛。一个骗子说："听着，朋友，把这两头公牛偷来吧。"

"可怎么个偷法呢？"另一个问。

"我在这里喊叫，农民就会向我跑来，你把一头偷走，另一头我来想办法偷。事成后我们再在这里会面。"

之后，一个在山岗上大喊："啊——啊——啊！"

农民以为强盗在抢人，便扔下自己的牛，拿上棍子，喊道："我来了，坚持住！"

他跑到骗子跟前，问他："你怎么啦？"

"我看见山底下一个人牵着两头公牛，我想公牛一打起架来，会把那人撞死的，我很担心。"骗子颠三倒四地嘟囔着。

农民回头去看自己的牛，只有一头，另一头不见了，便飞快地跑下山岗，钻进林子找他的牛去了。

这个骗子趁机把这头牛也偷走了。

农民在林子里找牛找累了，便走回来，可另一头牛也不见了，他只好伤心地回家了。

名师解读

一般人遇见合作行骗的下场就是这样，这告诉我们一个道理，面对事情要保持冷静，时刻保持警惕。

两个骗子各偷到一头牛，高高兴兴地在老地方会了面。他们把牛赶进一个山洞宰了。一个骗子说："我的朋友，你到村子里去讨个火来，我们来烤点牛肉吃。我在这里把肉切好。"

另一个同意了，到村里讨了火回来，刚走进洞里，只听见他的伙伴用棍子敲着牛尿泡，装作挨打的样子，用哀求的声调在说话：“不要打我了，请你等一等，等我的朋友来了，我们马上就走。”

这个骗子知道他是在耍花招，便将计就计，把火种扔掉，回到家，对老婆说：“把我放到装盐的袋子里，背我到邻居家去，对她说：‘这是我丈夫偷来的盐，你丈夫一回来，我们就平分，好把他们藏在山洞里的牛肉腌起来吃。’”他的老婆就这样做了。

邻居的妻子高兴地收下盐，把袋子藏到床底下。傍晚，背信弃义的骗子回来了，还带来一些肉，随即把老婆孩子叫去搬剩下的肉。坐在盐袋里的邻居听见房主在讲他自己如何聪明机智地骗过了他。房主的老婆说，家里没有盐，但邻居给她送来了，把经过说了一遍。她丈夫又拿邻居的愚蠢嘲笑了一番。这时，他的老婆打开袋口，把手伸进去拿盐，躲在口袋里的邻居抓住她的手，她被吓得尖叫起来：“啊，妈呀！这是什么？”

这时主人问：“谁？”

“我！”邻居回答道。

“啊！是你！”

他们对自己的勾当惊讶了半天，又大声笑了起来。然后把肉分了，各自回家去了。从这里又得出一句谚语：骗子骗骗子，一个赛一个！

第二天，两个骗子都带着老婆孩子到草原上吃肉喝酒。

一个骗子看见一个树洞里有许多酿蜜的蜜蜂，他想美美地吃一顿蜂蜜，便把手伸进树洞里去。不料里头有条毒

语言、细节描写

此为语言描写和细节描写，这个骗子已经意识到同伴在欺骗自己，他为何要这样做呢？为何让妻子把他装进袋子里面呢？文章在此设下悬念，激发读者的阅读兴趣。

名师解读

骗子之间相互“切磋”，相互嘲笑对方的愚蠢，可以看出他们既聪明又愚蠢。

名师解读

两个骗子互相欺骗，当对方得知真相时，他们就会尴尬一笑，然后继续欺骗。

阅读笔记

蛇，一口咬住了他的手，痛得他“啊”的一声大叫起来。

“你找到什么啦？”另一个骗子问。

“我抓到一块金子，很大，够我和老婆孩子一辈子用的了。看来这里面还有很多。”那个骗子回答说。

“拿出来，我看看。”

“不行，我拖不出来，你要拿，你就自己动手吧，我可不能把这块分给你。”

另一个骗子也连忙把手伸进树洞里，毒蛇也一口咬住了他的手。他被吓得大叫起来：“不是金子，是毒蛇！”就这样，两个骗子一起死了。

精简点评

这个故事讲述的是两个骗子“切磋”技术，最后临死也不忘记说谎的故事。在这个故事中，我们应该明白几点：首先，骗子都是极其狡猾、聪明的；其次，骗子的话是不能相信的；再次，骗子与骗子之间会互相比试“骗术”；最后，骗子都是一群自私自利、贪图便宜的人，骗子到死都在欺骗别人。总之，骗子就是一群自私自利、自以为是，通过散播谎言来达到自己目的的一群人。面对骗子，面对利益诱惑，我们要保持高度的警惕，谨防上当受骗。

佳词美句

狡猾　颠三倒四　背信弃义　愚蠢　将计就计　谩骂

开始两个人互相指责、谩骂，甚至要动起武来，但很快就和解了，笑着夸奖对方聪明，接着便成了好朋友，并且两人还搬到一起住，成了朋友加邻居。

这个骗子知道他是在耍花招，便将计就计，把火种扔掉，回到家，对老婆说：“把我放到装盐的袋子里，背我到邻居家去，对她说：‘这是我丈夫偷来的盐，你丈夫一回来，我们就平分，好把他们藏在山洞里的牛肉腌起来吃。’”他老婆就这样做了。

阅读思考

1. 两个骗子是怎样成为好朋友的？
2. 两个骗子是如何骗到两头牛的？
3. 骗子的下场是什么？
4. 这个故事告诉了我们一个什么道理？

一个吹号手

很久以前，非洲北部的地中海边上，有一个历史悠久的国家。

名师解读

灾难分两种：天灾和人祸，而鼠灾有自然原因和人为原因。大自然是个生物链，一旦生物链被破坏，就会发生灾难，而生物链遇到破坏一般是人干的，由于人类过度捕杀，将一些动物的天敌消灭了，比如老鼠的天敌蛇，那么老鼠就没有了制约，从而成为灾祸。

这一年，一场非常严重的灾难席卷了这个国家，这不是风灾、水灾或火灾，而是鼠灾。

这个国家的每一个角落都挤满了可怕的老鼠。这些老鼠带来的危害多得数不清。夜间，人们睡在床上时，会有许多老鼠在他们身边跑动。而那些挂在墙壁上的衣服，次日早上主人都会发现衣兜里挤满了老鼠。

老鼠的数量已经够多了，更要命的是每天还在增加。这个国家到底有多少只老鼠呢？至少是这个国家的苍蝇的一百倍！这绝不是夸张！地上到处都是老鼠，人们连落脚都很困难。

在这么严重的鼠灾中，人们的粮食根本保不住，存粮的仓房上只要出现一点小孔隙，很快就会有大量老鼠钻进去，用不了几天，它们就会把仓里的粮食吃得颗粒不剩。

人们煮好饭菜后，如果不及时吃，不一会儿就会被老鼠偷吃光。就算把食物放进箱子里，并上了锁，可老鼠们只要闻到食物的气味，就会合力啃破箱子钻进去偷吃。

此外，老鼠还常常糟蹋那些皮革制成的物品。什么皮鞋、皮包、皮枕头、皮垫子、皮腰带等，只要主人一个不防备，老鼠就能极快地将它们毁掉。

令人们最头疼的是，这些老鼠搅得他们难以安睡。

夜深后，他们正要睡觉，老鼠就会猖狂地爬到床上，噬咬他们的肩头和后背，吓得他们只好跳到地上，拼命地把老鼠赶走。

更恐怖的是，有些患了病而不能动弹的人，竟然还会被老鼠吃掉。

大家肯定会问，这个国家的人们为什么不设法消灭这些老鼠呢？殊不知，就算是最不起眼的小东西，只要数量多得成灾之后，就很难收拾了。

设问

这里运用设问的手法，强调老鼠给人们带来的危害，不是那么容易就可以消除的。

猫是捕鼠的高手，可是在这个国家里，比起老鼠，猫就少得可怜了。遇上老鼠，猫不会像往常那样凶猛地扑上去，而是狼狈逃走，仿佛在它们眼中，老鼠变成了凶恶的老虎似的。

为了灭鼠，人们采取了各种手段，如设置陷阱、投放鼠药等，可是，老鼠的数量还是有增无减。有时候，成群的老鼠还会潮水般地把人们包围住，吱吱尖叫着向他们示威，好像在说："你们这些蠢货人类，永远都不是我们的对手！"

拟人

这里运用拟人的手法，表现出人们对鼠灾无可奈何的心情。

可怜的人们被老鼠逼到了绝路，他们多次向国王求援，说他们过去从没有遭受过这样的鼠灾，目前快要无法继续生活下去了，国王应该想尽一切办法除掉这些老鼠。走投无路的百姓，甚至愤怒地警告国王：如果国王不能化解这场鼠灾，他们会把国王从王位上拉下来，并把他赶出这个国家。

阅读笔记

但是，国王也实在没有什么好计策。老百姓们不断地示威，一些大臣也当着国王的面，责备他是个昏庸无能的君主。国王成天坐立不安，度日如年。

这天，情绪低落的国王坐在一棵树下乘凉时，一位老人来到他的面前，恭恭敬敬地朝他跪拜，向他致意。

已经很久没有人对国王这样敬重了，他备受感动，认真地打量了对方一阵子，亲切地说：“老先生，你起来吧。你是哪里人，做什么的呢？”

老人说：“我是个老流浪汉，到处漂泊。陛下，这一次，我是特地从遥远的地方来找您的。我会吹号，就靠这个谋生，大家都叫我吹号手。”

国王听了很失落地说：“老先生，我很希望你能留下来，但是又为你担心。目前鼠灾这么严重，整个国家的人都惶惶不可终日。如果你留下来，可能会有危险。为了你好，我劝你远离我们的国家。”

> **语言描写**
>
> 此为语言描写，当知道老人不是能解决问题的人后，国王抱有善意地提醒老人离开这个国家。这表明国王的善良、为他人着想的良好品质。

吹号手明白国王的心思，说：“我并不是普通的吹号手。我有一项神奇的技能，只要我吹响号声，所有的活物都会紧随在我身后，包括青蛙、蛇、老鼠等地上的动物，还有天上的鸟，以及人类。听到我的号声后，他们就会马上涌到我身旁，跟着我走。陛下，我知道你们的国家现在正在蒙受鼠灾，我很同情你们的处境。只要您让我留下，我发誓一定会把你们从这场深重的灾难中拯救出来！”

> **语言描写**
>
> 此为语言描写，老人向国王介绍了他特殊的本领，这个本领正好能解决国家出现的鼠灾问题，可见这是一个神奇的人。

国王立刻转忧为喜，眉开眼笑地说：“老先生，你一定是老天爷派来解救我们的。只要你能消除鼠灾，就算你想要全世界最贵重的宝贝，我都会尽力满足你。请你告诉我，你的要求是什么？”

吹号手说：“太感谢陛下了。我这个老流浪汉，不会贪得无厌的。如果我成功了，只希望您能赐给我一百枚金币，让我吃得好一点儿、住得好一点儿，我就知足了。”

国王忍不住笑了起来：“哈哈，这真是一桩奇事呢！化解了一场大灾难，却只要求这点小报酬。老先生，一百枚金币太少了，就算你要一万枚，都完全不成问题。你赶快行动吧，事成后我会给你丰厚的奖赏。我是一国之主，绝对不会食言的。”

语言描写

此为语言描写，国王说他不会食言的，真的是这样吗？文章在此留下一个小小的悬念，吸引读者的注意力。

吹号手又朝国王跪下，说：“尊敬的陛下，太感谢您了！”

他来到王宫外面的街上，从衣兜中掏出一支长手把的小号，吹了起来。他一边吹着一边在各条街上不停地走动，他所经过的每一个地方，都有大量的老鼠从各个隐蔽地方涌出来。

这些数不清的老鼠，有大有小，有长身子的、短身子的，有红色的、白色的和灰黄色的，大部分是灰黄色的。它们不断地涌向吹号手，有的在跑，有的在跳，有的似乎是在随着号子声起舞。就连那些尚未长出体毛的小鼠崽，也费劲地跟在大老鼠们的屁股后面。

吹号手见附近的老鼠几乎全被吸引出来了，便走出城门，走向河边。他仍然不停地吹着号子，那些老鼠排成长队，不停地叫着、跑着，紧紧地跟在吹号手身后。

人们纷纷从家

里跑出来，见到这样的情景，都惊讶得瞪大了眼睛。

吹号手走到河堤上，连衣服都没脱掉就走进河水中，继续吹号。老鼠们也纷纷跳进河里，却很快都被淹死了。不一会儿，长长的河面上漂满了密密麻麻的老鼠尸体。就这样，除了一只侥幸逃脱外，其他的老鼠死在了河中。

百姓都欢天喜地，载歌载舞，互相祝贺。

> 名师解读
>
> 当鼠灾成功被控制后，人们有一种劫后余生的感觉。这说明了鼠灾给人们带来的苦难不亚于一场战争，鼠灾给人们的精神和生活都带来了很大的压力。老鼠们一死，他们终于可以过上正常生活了。

接着，吹号手又去了其他的地方，用同样的方法除掉了当地的老鼠，化解了当地的灾难。

每到一个地方，当人们看到大量老鼠在水中被淹死后，立刻到处搜寻鼠洞，将其捣毁或填平，以绝后患。

消除了全国的鼠灾后，吹号手又回到王宫面见国王。国王兴高采烈地接待了他，再三向他道谢，却绝口不提金币的事。吹号手只好开口说："英明的陛下，我已经帮助你们化解了鼠灾，我很开心，不过，陛下也不要忘了自己的承诺。"

不料，国王却绷起了脸，心想：一百枚金币我可不想出！他只不过是轻松地吹了吹号子，如果这样就能获得那么多金币，就太不合理了。反正那些老鼠都已经被淹死了，不可能再复活。我不给吹号手那么多金币，又有什么关系呢？

> 名师解读
>
> 国王的行为属于"过河拆桥"。在国王的眼中，只有一百枚金币和吹号子的关系，却并没有看清楚吹号子与鼠灾之间的关系，这孰轻孰重，一目了然。国王会为他的言而无信付出沉重的代价。

于是，国王无耻地说："对不起，那不过是一句玩笑话，你何必当真呢！我给你十五枚金币算了，你一个老人家，也用不了那么多钱吧？"

吹号手非常气愤，狠狠地盯着国王说："作为一个国王，你居然背信弃义。你是位高权重的人啊，真的不应该食言！快把一百枚金币交出来！得到金币后我立刻就走，不会再为难你！”

见对方这样无礼，国王愤怒地说：“混账，你这个贪婪之徒！你不就是简简单单地吹了吹号子吗？居然想要一百枚金币。我给你十五枚金币，还是因为可怜你，以你这样的劳力，最多只能换三枚金币。一个农民干了一整天的活，报酬还不足一枚金币的十分之一。你不过是随便吹吹号子，却妄想拿到一百枚金币，那不是做梦吗？”

吹号手冷冷地说：“你可以不给，但是，如果我再把号子吹起来，你就算后悔也来不及了！”

语言描写

此为语言描写，表现出吹号手的冷酷，以及国王的咄咄逼人。

国王跳了起来，厉声大吼：“那你就吹吧，你以为我们全国人还能怕了你吗？你能把那些死老鼠吹活过来，我就佩服你！”

吹号手反而冷静了下来，说：“虽然我没法将死老鼠吹活，但是，你很快就会看到，接下来会发生什么样的事情！”

他走出王宫，又取出那支号子吹了起来。听到了响亮悦耳的号声，孩子们兴奋地从家里跑出来，紧紧地跟在吹号手的后面，好像着了魔似的。

这些孩子有大有小，高矮不一，年龄从三岁到十岁不等，其中还有国王的几个孩子。国王的大儿子大声唱起歌来，他唱了第一句，其他的孩子就接着唱第二句：

名师解读

吹号手这次的动作是想把国家的“未来”给消灭掉，国王会有什么样的反应呢？文章在此设下悬念，吸引读者的注意力。

听到了号声，那就快来吧！
啊，我们是多么幸福，
我们尽情地享受大饼和烤肉的美味。
啊，我们是多么幸福，

语言描写

此为语言描写，孩子们说出了被吹号手所编织好的景象，同时也说出了人们内心对美好生活的向往。

我们尽情地享受蜂蜜和牛奶的美味。
啊，我们是多么幸福，
我们开心地骑马射箭。
啊，我们是多么幸福，
我们就生活在天堂里。
啊，我们是多么幸福！

孩子们的父母哪儿知道吹号手和国王之间的矛盾，他们还以为可敬的吹号手在带孩子们玩游戏呢，都兴致勃勃地站在旁边观看，心里还很感激吹号手给孩子们带来了欢乐。

叙述

这里凸显出了这个吹号手善良的一面。

可是，见孩子们跟着吹号手走向城外时，那些父母便觉得不对劲了，他们很担心孩子们会像那些老鼠一样，被吹号手带进河里淹死。

不过，在城外，吹号手并没有走向河边，而是走向了远处的大山。他仍然吹着号子，孩子们仍然紧跟着他。

心理描写

此为心理描写，通过国王的心理活动可以看出，国王还没有清楚地认识到自己所犯下的错误。

国王和百姓慌慌张张地赶到城门外张望。国王心想：哼，这些孩子才不会爬到山上，你还能玩什么把戏？

吹号手带着孩子们来到大山脚下时，大家看到大山竟然裂开一道巨大的口子。吹号手走进这个裂口中，孩子们也争先恐后地跟了进去。紧接着，这个大裂口一下子合上了。只有一个孩子来不及走进裂口中，正手足无措地站在山前。

见此情景，那些父母失声痛哭起来。国王只有四个孩子，而这些孩子全都被关进了大山里。

国王伤心欲绝，泪流满面。可怜的老百姓们还不知道这场灾祸是因国王失信而引起的呢！

那个幸存的孩子的父亲奔到山脚下，紧紧地抱住孩子，亲个不停。这个父亲的脸上，也已经淌满了眼泪。

所有的人都涌了过来，问那个孩子为什么紧跟着吹号手。

孩子说："我们听得懂那个人的号声，意思是我们只要跟着他向前走，就能得到自己最喜欢的东西。那号声还说：'蜂蜜多得汇成湖，牛奶多得像河流，你们可以尽情地吃喝。还有香喷喷的烤肉和松软的大饼，你们可以尽情地享用。'"

> **语言描写**
> 这个孩子告诉大家，事情发生的过程和原因，说明了吹号手拥有唤醒生物内心愿望的特殊能力。

原来孩子们是上了吹号手的当，父母们又悲伤地哭泣起来，发疯似的喊着自己孩子的名字，简直是惊天动地。

这时，那只当初没有被引到河中淹死的老鼠出现在大家面前，说："我和这个孩子一样可怜。当初，吹号手也是用号声告诉我和我的同类，只要过了河，就可以来到一个比天堂还美妙的地方，那里有堆得像山一样的大米、肉等食物。那里绝对舒适和安全，没有一只猫。于是，我们兴奋地跟着他来到河边，当我的同伴们纷纷跳到河里时，忽然一颗小石头打中了我的脑袋，我被吓得急忙转身逃走。唉，要不是这样，现在我已经和我的同伴们一样，在那个胜过天堂的地方过上幸福的生活了。现在，它们一定都已经长胖了，只有我孤零零地留在这里。"

> **语言描写**
> 此为语言描写，上面提到过一只老鼠侥幸存活，通过它的话解释了吹号手是怎样解决鼠灾的，回应了上文，使故事情节更为完整。

百姓们的哭声不绝于耳，个个泪眼模糊。国王更是心如刀绞。

往后的日子里，国王不断派士兵去寻找孩子们，可是

阅读笔记

一连几个月都一无所获。

纸终究是包不住火的，不久后，几位了解内情的大臣对一些百姓说："告诉你们，这桩不幸的事情都是国王引起的。如果不是他得罪了那个吹号手，孩子们现在还好好地待在家里呢。"

那些人说："原来如此，我们正想不通吹号手为什么要害那些无辜的孩子。你快说，国王是哪里得罪吹号手了？"

大臣们把国王食言而激怒吹号手的事告诉了大家。

百姓们顿时怒气冲天，疯狂地冲进王宫，放火焚烧宫殿。国王被吓坏了，连鞋子也顾不上穿，心惊胆战地从卧房里跑出来，问大家发生了什么事。

百姓们见到他，更是怒不可遏，大叫着向他冲过来，朝他身上吐口水、掷石头，有的还脱下鞋子砸到他身上……

国王被吓得脸色煞白，惊叫着逃出城外，抱头鼠窜而去。百姓们才不会放过他，紧紧地追在他身后。这位众叛亲离的国王，最后只好如丧家之犬一般逃到了别的国家。

比喻

这里运用了比喻的修辞手法，生动而形象地写出了国王的狼狈。

王宫里乱成了一锅粥。国王的王后、妃子都声称自己和国王一刀两断，然后带上包袱各自回娘家去了。

比喻

这里运用了比喻的修辞手法，写出了王宫的混乱不堪，画面生动而形象。

趁宫殿失火时，那些卫兵、奴仆、马夫大肆抢掠宫里的金币和贵重财物。转眼间，偌大的王宫中就再也没有半件值钱的东西了。

大火一连烧了三天三夜，将整座豪华气派的王宫烧成了一堆废墟。

精简点评

本篇讲述了国王失信于吹号手，最后导致国王出逃的故事。当有求于人时，国王答应得好好的，当危机过后，就立马忘记了之前的承诺，表明了国王忘恩负义和言而无信。这个小故事想告诉大家的是，做人一定要守信用，承诺不可以随意说出，说出来就要去坚决地完成，否则人品会受人质疑，从而失去本来拥有的东西。

佳词美句

有增无减　走投无路　昏庸无能　度日如年　惶惶不可终日　贪得无厌

这个国家到底有多少只老鼠呢？至少是这个国家的苍蝇的一百倍！

有大有小，有长身子的、短身子的，有红色的、白色的和灰黄色的，大部分是灰黄色的。它们不断地涌向吹号手，有的在跑，有的在跳，有的似乎是在随着号子声起舞。

国王被吓得脸色煞白，惊叫着逃出城外，抱头鼠窜而去。百姓们才不会放过他，紧紧地追在他身后。这位众叛亲离的国王，最后只好犹如丧家之犬一般逃到了别的国家。

大火一连烧了三天三夜，将整座豪华气派的王宫烧成了一堆废墟。

阅读思考

1. 鼠灾给人们带来了怎样的苦难？
2. 吹号手是通过什么方式解决鼠灾的？
3. 国王“赖”掉了吹号手的一百枚金币后发生了什么？
4. 国王有什么样的结局？
5. 通过这篇故事，你明白了什么道理？

有钱的老人

名师解读

有智慧的人往往可以获得成功，这里的智慧不单指聪明，还有勤劳、善良等品格，既然大儿子是最有智慧的，那么就说明他已经继承了父亲最大的财富。

从前，有一个老人非常有钱。他膝下有七个儿子，他们在富裕而和谐的家庭中成长，大儿子是所有兄弟中最有智慧的。

老父亲给七兄弟都购买了田产，交给他们各自管理。

这位老人家慷慨大方，每天都杀一只牲口宴请邻居们。可是他的朋友劝他说："你也不能老是这样，太浪费了，还是把钱留给你的儿子们吧！"

老人家却说："不，我的儿子们必须向我学习，靠自己的能力和智慧生活。再说，我已经给他们每个人都买了一份田产。而且，我还在这些田地里给他们埋下了金子呢。"

时间一年年过去了，年长的人相继去世，老人家也去世了。

语言描写

此为语言描写，父亲留下的这句话中包含了他一生经验的总结，也是他想对自己儿子们说的话。父亲也是在考验自己的孩子，看谁能成功、谁会失败。

为父亲举行葬礼后，七个儿子很想知道他的遗嘱。但是，按照当地的习俗，必须等老人去世四十天后，才能将遗嘱公开。

四十天终于过去了，人们宣读了老人家的遗嘱："亲爱的儿子们，我在为你们购买的田地里都埋了金子。此外，我还在一个装着羊皮纸的盒子中，为你们存放了最宝贵的东西。"

儿子们连忙把那个盒子打开，果然在里面发现了一张羊皮纸，纸上写着一些字："孩子们，我留给你们的是一句话：脑袋要冷，腿要热。"

儿子们都一头雾水，不明白这是什么意思。

一个比较精通文字的人看了，分析说："这句话的意思可能是这样：脑中的病是非常严重的，是会要人性命的；而腿上的病，能使人腿脚残疾。"

但是，人们并不相信这样的解释是正确的。

除了老大，老人家的其他儿子都非常失望，他们都以为盒子里装的是金银财宝呢。

他们说："父亲不是还说了吗，在田地里给我们埋下了金子。我们还赖着干什么？快去挖地吧！"

可是，他们把七块田地全挖了个遍，却没有见到什么金子。白白地忙了一场，他们更加沮丧了。

其实，聪明的老大完全明白羊皮纸上那句话的意思，那就是：脑袋要冷静，多多思考；腿要动起来，多多劳动。

他的六个弟弟觉得是时候离开这个地方了。他们商谈了很久，最终决定到城里去给那些有钱人打工。

一转眼就到了耕种的季节，老大在自己的田地里种植了大麦。他知道，地里是能长出庄稼来的。此外，他还把弟弟们丢弃的田地租了出去。在收获的季节，他获得了几仓库粮食。接着，他又在地里播种，还开垦了一些荒地，在荒地上也种上了农作物。

老大想：父亲所说的金子其实是金灿灿的谷子。谁都知道，拥有粮食的人才是真正富裕的人；拥有金子的人连觉都睡不安稳。

后来，老大成了一个财主，很受人们敬重。他常常把自己的种子借给别人，美名远扬。

而他的六个弟弟，由于从小都过着优越的生活，生性

阅读笔记

名师解读

这里通过对在耕种时节的具体安排，展现出他勤劳聪慧的一面，也对应了前文的描写。而这里同时运用对比的手法，把老大耕种田地的勤劳和弟弟们荒废田地的懒惰做对比，突出了他的勤劳。所谓"一分耕耘，一分收获"，老大在秋天收获了很多粮食。而他又接着劳作，开垦荒地。

对比

这里说明了他的弟弟们都是中看不中用的人，说明看人不能只看表面，只有接触了才知道他是否具备一定的能力。

娇气，什么活儿也干不了。他们的着装、打扮都很光鲜艳丽，雇用他们的人一开始都会想：看这年轻人的样子，就知道他是有本事的人。可是，真用到他们的时候，他们却都力不从心。结果那些雇主都失望地说："这个笨蛋真没用！"只能把他们打发走了。

兄弟六个在哪儿都无法立足，居无定所，不停地漂泊，生活越来越艰辛困苦。

最后他们实在走投无路了，只好说："我们已经没有什么前途了，这样下去也不是办法。我们还是回家乡去吧，把我们的遭遇告诉大哥，看他能不能帮助我们什么。"

他们马上踏上了回家的路。当他们来到大哥面前时，已经历尽了千辛万苦，身上连一件像样的衣服都没有了。

老大一时竟然认不出他们来，说："你们是从哪里来的，你们需要什么东西呢？"

叙述

这里简短的一句话，刻画出了一个善良、慷慨的人物形象。

得知这些人就是自己的弟弟后，老大惊愕极了。他接待了弟弟们，让他们吃饱喝足，还送给他们衣服。最后，老大把他们带到田地里，告诉他们自己是如何种地致富的。

从此，兄弟七人一起愉快地生活、劳动。那六个弟弟越来越勤奋，在大哥的帮扶下，他们很快也成了当地的富户，获得了乡亲们的敬重。他们之前经受的磨难，已经彻底改变了他们懒惰和浮躁的习性。

侧面烘托

侧面烘托他们的父亲是一个智慧的人，教育孩子有一套。

兄弟七人团结一心，相亲相爱。直到今天，人们都没有忘记他们的父亲留下的宝贵遗嘱。

精简点评

这个故事讲述了一位老人为自己的儿子们留下了遗嘱和一个“锦囊”，其中暗含着人生的财富。在老人去世后，老大明白父亲的意思，于是通过勤劳成了有钱人；而弟弟们却放弃了手里的财富出去打工，最后落得狼狈的样子回到家乡求助于大哥，最后在大哥的帮扶下，弟弟们都过上了幸福的生活。这个故事告诉我们：人生最大的财富不是拥有多少金钱，而是智慧和勤劳。就好像文中老大说的那样：“拥有粮食的人才是真正富裕的人；拥有金子的人连觉都睡不安稳。”这里说的“粮食”包含着精神上的满足。

佳词美句

慷慨大方　力不从心　居无定所　千辛万苦　惊愕　懒惰　浮躁

脑袋要冷静，多多思考；腿要动起来，多多劳动。

拥有粮食的人才是真正富裕的人；拥有金子的人连觉都睡不安稳。

兄弟七人团结一心，相亲相爱。

阅读思考

1. 父亲遗留下来最宝贵的东西是什么？
2. 老大是怎样致富的？
3. 弟弟们为什么会过得那么惨？

水手贝昂迪亚克

贝昂迪亚克很小就开始了航海生活。他随父亲跑遍了整个印度洋，没有一座岛屿他不知道，没有一处海岸他没有停靠过。

天气好的时候，小船挂起了帆，被和煦的海风轻盈欢快地吹送着。他们也曾多次遇到过飓风，但是，贝昂迪亚克从来没有害怕过，哪怕是当小船被狂风卷走，在暴雨中的浪涛里漂荡的时候，他也镇定自若。这种时候，他们父子俩表现出顽强的斗争精神，父亲把着舵轮，呼喊着向贝昂迪亚克下着命令。

父亲临终时，让贝昂迪亚克向他起誓永远航行下去。贝昂迪亚克向父亲起了誓。

从此，贝昂迪亚克便成了小船的唯一主人。他划起船就出发，真可以算是方圆几百海里内最熟练的水手了。

他的名字传到了莫桑比克海峡沿岸的伊南杜哈国。这里的国王虽然很富有，但是由于他的两个爱女在海滩上失踪后，一直没被找到，这件事使他变得忧愁万分。人们在海滩上拾到了他的两个女儿的两件半截的衣裳，一件是玫瑰色的，一件是蓝色的。这两件东西就像是告诉国王，他的两个女儿还活着。

名师解读

这是故事的起因，国王的两个女儿失踪了，他为此惆怅不已。两个女儿只留下两件半截的衣裳作为线索，国王盼望着有人帮自己找到女儿，在这种情况下，他听说了贝昂迪亚克的大名，于是想请他帮忙寻找自己的女儿。

国王已央求过海峡周围的许多国家帮忙，但没有结果。当他听到人们称赞贝昂迪亚克是数一数二的好水手时，就赶紧派人去找贝昂迪亚克。恰好，这时贝昂迪亚克驾着他的小船来到了伊南杜哈。

国王向贝昂迪亚克许诺，如果他能够找到他的两个女儿，他就用金子堆满他的船舱。

对于国王的诺言，贝昂迪亚克一句话也没说，但当国王要他一起乘大船出海时，贝昂迪亚克说："我把我的小船留在伊南杜哈，可是，我不能长久地离开我的小船，最多不能超过六个月。六个月后，不管我找不找得到你的女儿，也不管我们是在海上还是在陆地上，我都要离开你。到时候，我一秒钟也不多留，什么事情也挡不住我。"

语言描写

此为语言描写，贝昂迪亚克对国王提出了条件，文章在此设下悬念，激发读者的阅读兴趣。

国王和大臣们商量了一下，同意了这个要求。国王的大船出海了。

他们察看了所有的海岸和大洋里的每一座岛屿。时间过得很快，在他们出发后五个半月的时候，贝昂迪亚克说他快到回去的时候了。

但是这时，风突然停了，靠风前进的大船自然也就停了下来，它的身影映照在几乎静止的水面上。桅杆上的风帆变得松松软软，缆索刺耳的撞击声也消失了。

场景描写

此为场景描写，形象细腻地描绘出大船停留在海上的画面，具有很强的视觉效果。

两天又过去了，还是一丝风都没有，大船仍然是在镜面一样的海面上反照着自己的身影。

一天早晨，贝昂迪亚克突然对国王说："我要马上离开你了。"

"这周围没有一块陆地，你去哪儿呢？"

"没关系，就是凫水，我也要回到我的小船上去。如果可以的话，请你派人放下一只小船，装上一小桶淡水和一挂香蕉，我一定会到达陆地的！"

国王按照他的要求办了。国王在想，既然贝昂迪亚克这么坚决，那也别想从他这儿得到什么了。

心理描写

此为心理描写，国王看见表情坚决的贝昂迪亚克，心中决定遵守当初的承诺，于是放他走。说明国王是一个信守承诺的人。

阅读笔记

连续三天，贝昂迪亚克划着小船，几乎没有休息。一天晚上，他实在太累了，把桨放好就睡着了。待到天亮，他觉得小船被什么东西撞了一下，便醒了。原来小船搁浅在一片沙滩上。微风摇动着岸边椰子树的叶子。

由于困意未消，他又睡着了。

过了一会儿他被说话的声音惊醒了。

他站起来，跳到沙滩上，发现这是一个他不认识的小岛。沙滩上有两个模样相像的姑娘，一个姑娘身上穿着半截玫瑰色衣裳，另一个穿着半截蓝色衣裳。

“你是谁？”一个姑娘问。

“你从哪儿来？”另一个姑娘问。

贝昂迪亚克已经猜出她们是伊南杜哈国王的两个女儿。可是，他还是谨慎地回答：“我曾经在一条大船上，后来，这条大船沉海了。”

“那你赶快回到你的小船上去吧。”穿玫瑰色衣裳的女孩说，“这个岛是属于巨翼魔的，他一定会吃掉你的。”

> **语言描写**
> 此为语言描写，女孩劝告贝昂迪亚克赶紧离开，说明她是个心地善良的女孩。

“有一天，我们正在海滩上玩儿，他就把我们抓来了。”另一个姑娘说，“我们当时仅有一点时间，急忙撕掉了一半衣裳，好给父亲留个纪念。”

“他从来没有对我们有什么不好，但是，我们知道，他早晚会吃掉我们的。你赶快离开这里吧，他一看到你，就会弄死你的。”

“我不害怕。”贝昂迪亚克说，“把我带到他面前去吧。”

“他出去猎食还没有回来，”姑娘们说，“你赶快逃命吧，他巨大的翅膀一转眼就会把他送回来的。”

“我等着他。”贝昂迪亚克说。

不一会儿，一阵狂风吹得树叶、树枝疯狂地乱舞，巨翼魔回来了。他在远处就看见了沙滩上的小船，因此当他看到贝昂迪亚克的时候，没有表现出任何惊奇。他非常大，而且全身是黑色的，他巨大的翅膀有着夜空蓝色的光彩。他没有露出脸，头部戴着一个猫头鹰面具。

“我非常荣幸地接待你这样伟大的航海家。”他说，“可是，我今天没找到任何东西来做我的早餐，你来得正好。”

“非常愿意。”贝昂迪亚克礼貌地说，“但是，在你吃我之前，为让你增进食欲，我先教给你一种游戏。你以后还可以用它来消愁解闷儿。”

这种游戏非常有魅力，任何人学会了，都会不顾一切地玩个不停。贝昂迪亚克找来了一些小石子和一些植物种子，他用从船上拿下来的一根铁棍在沙地上挖了几个坑。

他向巨翼魔交代了一下游戏的规则。按着这种规则，一方要用种子和另一方摆在几排平行的坑里的小石子相交换。

巨翼魔表现出极大的兴趣，因为他从来没有玩过什么游戏。“好好看着，”他对两个姑娘说，“等我把这个人吃了以后，咱们来玩。”

“非常愿意。”贝昂迪亚克还是这样说，“可是，你听着，我向你提一个条件。如果你能赢我三次，就让你吃了我；如果我赢了你，我就用这根铁棍在你的太阳穴上轻轻地一敲。这样做，仅仅是为了让你能够把游戏的规则更

语言描写

此为语言描写，塑造出了一个勇敢无畏的水手形象。

语言描写

此为语言描写，通过这段话，表现出贝昂迪亚克以智取胜的一面。

阅读笔记

好地记在脑子里。”

巨翼魔愚蠢得很，他同意了。他认为自己有善于钻研的精神，深信自己决不会输给贝昂迪亚克。

他们开始玩游戏，巨翼魔输了第一回、第二回，又输了第三回。

“有几处小小的地方，你还没有弄懂。”贝昂迪亚克说，“你弯下一点腰……哎呀，你可真大。我用这根棍子稍微碰一下你的脑袋，你以后就会明白了。”

巨翼魔弯下了腰，贝昂迪亚克举起了铁棍，对准他的脖子后面穿了进去。巨翼魔巨大的翅膀抖动了一阵，树枝、树叶就像被大风吹过一样到处飞扬。不一会儿，怪物喘了最后一口气，死掉了。

> **名师解读**
>
> 贝昂迪亚克通过自己的智慧获得了胜利，将怪物杀死，救下了两个女孩，同时也拯救了自己。这说明贝昂迪亚克是个胆大心细、勇敢的人，他通过自己的努力获得了生存的权利。

“我们得救了！我们得救了！”两个姑娘异常高兴地喊叫着，“你把我们救出来了，你能不能把我们带回我们的父亲那儿去呢？带我们走吧！”她们恳求着。

“你们应该在这儿等我一下。”贝昂迪亚克说，“现在你们不必再害怕了。你们应该回到你们父亲的大船上去，而不是到我的小船上来。请你们把剩下的两件半截衣裳交给我吧，好让你们的父亲明白我对他说的没有假话。”

> **名师解读**
>
> 当危险解除了，面对问题的消除，贝昂迪亚克有自己的见解，他让女孩们在岸上等着，他去接她们的父亲过来，说明贝昂迪亚克是个有原则的人。

上船之前，贝昂迪亚克从巨翼魔身上拔了一根羽毛，随后把巨翼魔扔进海里。他把两件半截衣裳拴在大羽毛上，于是，一面美丽的一半玫瑰色和一半蓝色的船帆鼓满轻盈的风前进了。

三天后，接近傍晚的时候，由于太累，他睡着了。第二天早晨，他感到船被撞了一下，便被惊醒了。原来，他的小船撞到了一直未动的大船上。

国王从老远就看到了玫瑰色和蓝色的风帆，心里充满了希望。在贝昂迪亚克向他叙述了他的新奇经历之后，他更确信不疑了。

但是，在他的高兴劲头儿稍微平息一点之后，他又开始失望了，因为这时，风就是固执得不肯刮起来，没有风，大船还是走不了。

贝昂迪亚克看了看远方，他看到的情况使他信心十足地对国王说："我们明天出发！"

第二天早晨，缓缓的波涛轻轻地荡动着大船，缆索也开始撞击作响。大船鼓满风帆前进了，贝昂迪亚克掌着船舵。

当国王从远处看见他的两个女儿乖乖地坐在沙滩上等他时，他激动得当场昏了过去。

用什么办法都没有使国王马上恢复神志。由于时间紧迫，且贝昂迪亚克坚持不能再多待下去，所以，大船需要赶紧返回伊南杜哈。

尽管两个女儿流了很多眼泪，费了很大心血，想救治国王，国王还是双眼紧闭，然而，他还在呼吸，还有一点希望救活他。

大船一靠岸，在人们的欢呼和惋惜声中，国王最终苏醒过来了，他的第一句话就问贝昂迪亚克在哪儿。

但是，贝昂迪亚克早已乘上自己的小船出发了。到这一天为止，六个月的时间正好到期。

红色风帆永久地消失在远方，人们再也没有看见过贝昂迪亚克。

语言描写

此为语言描写，通过观察，贝昂迪亚克发现明天就会有风，所以他十分肯定地说明天出发，表现出他是一个拥有丰富航海经验的人。

设置悬念

这处设置悬念，见到女儿，国王为什么会昏迷，为什么贝昂迪亚克坚持要返回，这些疑问引发读者的思考，使情节更加引人入胜。

精简点评

这个故事讲述的是一个航海少年在帮助国王寻找他的女儿们的过程中，冷静地与巨翼魔斗智，从而救出国王的女儿们后悄然离开，表现出贝昂迪亚克有着丰富的航海经验、顽强的斗争精神、机智冷静的头脑及淡泊名利的品质。

佳词美句

漂荡　镇定自若　数一数二　波涛　钻研　愚蠢

天气好的时候，小船挂起了帆，被和煦的海风轻盈欢快地吹送着。

桅杆上的风帆变得松松软软，缆索刺耳的击撞声也消失了。

不一会儿，一阵狂风吹得树叶、树枝疯狂地乱舞。

阅读思考

1. 贝昂迪亚克具有哪些优秀的品质？
2. 国王的女儿们被谁拐走了？
3. 贝昂迪亚克为什么不愿意离开他的小船？

长嘴鸟和黑头莺

长嘴鸟跟黑头莺是一对好伙伴，她们已经相处了很久。长嘴鸟的羽毛非常美丽，嘴巴又大又长，看上去很神气，所以她的追求者很多。她结婚后，就告别了黑头莺，随丈夫走了。

黑头莺长着黑色的羽毛，嘴巴也很黑，而且又尖又短，非常丑陋。本来她的追求者也不少，可人家一见到她的嘴巴，就立刻躲得远远的。

长嘴鸟结婚后的许多年里，黑头莺还是孤零零的，非常郁闷。长嘴鸟也很替朋友发愁，但也帮不了她什么。

> **名师解读**
>
> 长嘴鸟为黑头莺这个朋友发愁，是因为黑头莺现在还是孤零零的，看着自己的朋友郁闷的样子，想帮忙但是不知道该从哪儿入手，表现出长嘴鸟的善良和爱为朋友操心的性格特点。

这天，黑头莺来到长嘴鸟家里，对她说："姐姐，那些追求者见了我就马上离开，原因是我的嘴巴太丑了。我今天到你家来，是希望你能帮一下我这个妹妹，把你漂亮的长嘴暂时借给我。我一结了婚，就把你的嘴巴还给你。当然，为了答谢你，到时候我会送给你一份厚礼！"

长嘴鸟说："我们之间用不着答谢什么的，令我最不安的是我一直都不能帮你什么。如果我的嘴巴对你有用，那我们就先交换一下吧，你结婚后我们再换回来就行了。"

黑头莺高兴地说："太感谢姐姐了！"

她们又亲热地谈起心来，各种话题都会谈。当然，黑头莺最感兴趣的还是婚姻方面的，她提出的问题，长嘴鸟都一一做了解答。

> **名师解读**
>
> 这里长嘴鸟非常热心地回答了黑头莺的各种问题，表明了长嘴鸟是个单纯又热心，对朋友坦诚相见的人。

当天晚上，黑头莺就住在长嘴鸟家里。第二天早上，长嘴鸟还想挽留黑头莺，可黑头莺急着要回去，于是长

嘴鸟和她交换了嘴巴。

黑头莺回家后，邻居们见到她的新嘴巴，都惊奇地嚷道：“大家快看呀，黑头莺的嘴巴真漂亮！”

这个消息传出去后，就有很多求婚者涌进黑头莺家里。他们见到黑头莺的嘴巴，都深深地爱上了她，请求她嫁给自己。黑头莺选择了其中最出众的一个，很快就结了婚。

他们的婚礼很隆重，宾客盈门，贺礼也多得令人眼花缭乱。

第二天，黑头莺夫妇就闭门谢客，享受起幸福的七天新婚生活。

可是，黑头莺结婚并没有邀请长嘴鸟，更没有践行诺言给长嘴鸟送礼物。

行为描写

此为行为描写，说明黑头莺是个见利忘义的人，她不懂感恩。

七天的新婚日子很快结束了，黑头莺的丈夫外出后，仆人们对黑头莺说：“夫人，你借了长嘴鸟的嘴巴，现在你已经结婚了，要不要送一些柯拉果给长嘴鸟答谢她呢？”

黑头莺不高兴地说：“你们不要管闲事，这个我自己会处理的。”但她只是说说而已，并没有真的去送。

一个月后，长嘴鸟才知道黑头莺已经结了婚，她困惑地想：黑头莺为什么不告诉我她结婚的消息呢？她既没有送我礼物，也没有把嘴巴还给我，又是什么原因呢？

可接着她又想：应该是她太忙碌了，我先等一阵子再说吧。

一晃又过了一个月，长嘴鸟还是连黑头莺的影子都没有见到，只好亲自去找她了。

长嘴鸟来到黑头莺婚前的居所，可是她已经不住在这里了。长嘴鸟这才知道，黑头莺结婚时也没有请她的邻居们，更没有给他们送柯拉果。

邻居们对黑头莺非常不满，不想再见到她，但还是把她目前居住的城市及街道告诉了长嘴鸟，让她自己去找黑头莺。

邻居们还说："黑头莺的丈夫可是鸟王，非常有名，你到了那里再打听一下就知道了。"

长嘴鸟谢过大家后，就出发了。她飞了很久，才到达那个城市的那条街，停在了一棵大树上。

树下有一栋房子，长嘴鸟看到不少人正在房屋里忙碌着，于是对他们说："你们好，大家辛苦了。付出劳动，就一定会有收获。请问鸟王家在哪里呢？他的妻子借走了我的嘴巴，让我现在啄不了食物，说话也很不容易。希望你们能告诉我鸟王家在哪里，谢谢你们。"

那些人说："欢迎你，远方的客人。鸟王家离这里不远，你再往前飞就能找到了。"

长嘴鸟又飞过几间房屋，停在了一个庭院里的一棵树上。她看到一群男孩子正在屋里捣米，于是说："兄弟们，你们都辛苦了。付出劳动，就一定会有收获。请问鸟王家在哪里呢？他的妻子借走了我的嘴巴，让我啄不了食物，说话也很不容易。我要去鸟王家，麻烦你们给我指路，

名师解读

长嘴鸟知道了黑头莺结婚的消息后，认为她没有告诉自己是因为她太忙了，这表明了长嘴鸟的善良，不愿意把朋友往坏的方面去想。

行为描写

长嘴鸟为了寻求真相，不远千里寻找到黑头莺居住的地方，表现出她是一个不轻易放弃的人。

名师解读

为了寻找黑头莺，长嘴鸟一路打听她的住处，一路解释寻找她的原因，说明嘴对她的重要性。这也是她坚持不懈地寻找黑头莺的原因。

阅读笔记

谢谢！”

男孩们说：“远方来的客人，你好。你再往前一点，就能到达鸟王家了。”

长嘴鸟又向前飞过两间房屋，停在了屋顶上，只见几个女孩儿正在屋里磨面。她对女孩们说：“妹妹们，你们好，你们都辛苦了。付出劳动，就一定会有收获。请问鸟王家在哪里呢？他的妻子借走了我的嘴巴，让我啄不了食物，说话也很不容易。我要去鸟王家，麻烦你们给我指路，谢谢！”

女孩们说：“远方来的客人，你好。你再往前飞过一间房子，就到鸟王家了。”

场景描写

此为场景描写，长嘴鸟来到鸟王家院中的树上，先观察院内的情况，表现了她机智冷静的一面。

长嘴鸟很快来到鸟王家，停在院子中的一棵果树上，只见不少女佣正在厨房里煮饭烧菜，而她们的女主人正在餐厅里吃早餐。

这个女主人正是黑头莺，长嘴鸟对女佣们说：“厨房里的姐妹们，你们好，你们都辛苦了。付出劳动，就一定会有收获。你们的女主人借走了我的嘴巴，让我啄不了食物，说话也很不容易，今天我想把嘴要回来，请你们帮我通报一声。谢谢！”

女佣们说：“好的，你下来吧，我们带你去见夫人。”

长嘴鸟连忙飞下来，向女佣们道谢。女佣们把她带到黑头莺的房间门外，说：“客人，你进去吧。”

长嘴鸟走进房间里。黑头莺见了她，十分讶异地说：“哎哟，见到你真是太好了，我正想明天去看你呢。”

长嘴鸟才不信她这一套，冷冷地说：“你还记得自己的承诺吗？”

黑头莺勉强挤出笑脸说：“当然记得，守信的人才会有朋友嘛。我已经为你备好厚礼，收获粮食后，我还会把一部分送给你，我每天都在想念你呢。”

长嘴鸟说：“谢谢！”

她们坐了下来，交谈了一阵后，长嘴鸟站了起来，说：“我要走了，请你把我的嘴巴还给我吧。”

> **名师解读** 对于鸟来说，嘴巴是它最重要的工具和武器，坚硬的嘴可以捣毁食物，也可以作为攻击或防御的武器。对于鸟儿来说，嘴巴的重要性是不能用其他东西去衡量的，然而为了朋友的幸福，长嘴鸟可以把嘴借出去，这就证明了朋友在她心里的重要地位。

黑头莺又笑着说：“别急别急，你再待久一点，等我丈夫回来了，你再回去吧！”

长嘴鸟坚决不同意，说：“这样多不好，如果等你丈夫回来了我再离开的话，我丈夫回来后我还没到家呢。”

黑头莺说：“唉，我知道你对我不满，请你不要再怨我了，好吗？”

长嘴鸟说：“我并没有对你不满。你结婚后一直没有去找我，你的做法让我明白，真正的好朋友并不是光说得好听，还要看对方的行动。遵守诺言者，才是值得信赖的朋友。”

> **名师解读** 关于朋友的定义，文章通过长嘴鸟的口告诉大家，真正的朋友不是依靠嘴说出来的，而是通过行动表现出来的，只有你用心去交朋友，才能找到值得信赖的朋友，可以看出长嘴鸟是一个有智慧的人。

长嘴鸟说完，从脸上摘下黑头莺的嘴巴，递给她。黑头莺没办法，只好也把长嘴鸟的嘴巴还给了对方。

为了表示歉意，黑头莺又送给长嘴鸟两筐新收的粮食，可长嘴鸟拒绝了：“不好意思，我不想接受礼物。我今天来只是想讨回嘴巴，别的东西我不拿。”

黑头莺连忙说：“对不起，姐姐，我知道错了，你一定要原谅我，请你收下这些粮食吧！”

见她说得恳切，长嘴鸟的心软了，于是收下了两筐粮食，又说：“说实话，你的行为的确令人很不愉快。你结婚时不告诉我，不送我柯拉果，让我怎么不心寒呀！可

行为描写

此为行为描写，为了不被丈夫嫌弃，黑头莺只好伪装出一个长长的嘴巴来欺骗鸟王，表明黑头莺自私、虚伪的性格特征。

阅读笔记

语言描写

此为语言描写，感叹句的运用，增强了语气，淋漓尽致地表现出鸟王的愤怒。

是，毕竟我们是多年的姐妹，我也不会去计较这些事情。”

送走了长嘴鸟后，黑头莺急得团团转，她已经失去了美丽的长嘴巴，丈夫怎么可能接受她那张丑陋的黑嘴巴呢？

黑头莺绞尽脑汁，总算想到了一个法子。她连忙弄来一根尖长、光溜的木棍，套在自己的嘴巴上。这根木棍非常长，从房间里延伸到门外去。

黑头莺的丈夫鸟王回来后，见房间外有一根木棍，好奇地问妻子：“夫人，这根木棍是怎么回事呢？”

黑头莺在房间里回答：“这是我的嘴巴呢，不是木棍。”

鸟王被逗乐了，说：“真会说笑呢，快把棍子挪开，我要进去。”

黑头莺说：“那真的是我的嘴巴呢，我没骗你。”

鸟王十分困惑，说：“真的是你的嘴巴吗？怎么突然变得这么长了？”

一旁的仆人们哄堂大笑，告诉鸟王：“夫人原来的嘴巴其实是结婚之前借来的，这个我们都知道，就只有你被蒙在鼓里了。今天，夫人已经把嘴巴还给人家了，她怕你嫌弃，于是用这根长木棍伪装成嘴巴。”

鸟王顿时大发雷霆，冲进房间。黑头莺被吓坏了，连忙取下木棍，露出了她那丑陋的黑嘴巴来。

鸟王愤怒地说：“真没想到原来你的嘴巴这么难看！早知道这样，我怎么可能和你结婚呢？我最恨别人欺骗我了，你滚吧！”

鸟王抓起黑头莺，把她扔到房间外。黑头莺连忙展开双翅，飞到一棵树上去。

黑头莺从没见过丈夫发这么大的火，知道他短时间内是很难原谅自己的，只好逃走了。

黑头莺无处可去，不得不回到自己结婚前的家里。邻居们见了她，都不愿搭理她，有些还故意躲着她呢。一些老者见她那么凄凉，忍不住问："黑头莺，你怎么了？"

黑头莺伤心地说："长嘴鸟找到我，讨回了她的长嘴巴。我怕被丈夫嫌弃，于是用一根木棍伪装成嘴巴，可是丈夫不相信。结果，那些仆人拆穿了我的骗局，还告诉我丈夫，我的长嘴巴其实是借来的。我丈夫气坏了，把我赶走了，我只好又回来了。"

邻居们听了，也不想和她计较了，便掏心掏肺地说："这都要怪你虚荣心太强和不守信用，是美还是丑谁都无法改变，可这有什么关系呢？就算长得不漂亮，但只要心灵美、勤劳、努力、对朋友忠诚，一样会过得快乐美满。你靠欺骗别人得到婚姻，怎么会有好结果呢？长嘴鸟是你的姐妹，你却那样对待她，结婚不邀请她，不送她柯拉果，仆人们的提醒你也不听。这样对待别人，太不应该了。你必须吸取这些教训，改正你的错误！"

语言描写

此为语言描写，反问句的运用，增强了语势，启发读者思考。

感叹句

这里感叹句的运用，增强了语气，可以看出邻居们的良苦用心。

黑头莺又愧疚又悲伤。从此，她的身体状况越来越差，不久后就死在了胡同口外的一棵树上。

鸟王得知了黑头莺的死讯后，念在夫妻一场，又听说她也认识到了自己的错误，于是为她举办了葬礼。

精简点评

这个故事运用比喻和对比两种修辞手法，将两种人物性格通过两种鸟展示出来。黑头莺通过欺骗朋友的方式得到的幸福最终因为骗局被揭穿而告终。这个故事告诉我们：即便外形上不占优势，只要内心充满善意，对待朋友真诚，那么你就是世界上最美的人，也会获得好的结果。

佳词美句

眼花缭乱　闭门谢客　践行　绞尽脑汁　雷霆　丑陋　伪装

长嘴鸟的羽毛非常美丽，嘴巴又大又长，看上去很神气。

你们都辛苦了。付出劳动，就一定会有收获。

就算长得不漂亮，但只要心灵美、勤劳、努力、对朋友忠诚，一样会过得快乐美满。

阅读思考

1. 长嘴鸟代表的是哪种人？
2. 黑头莺代表的是哪种人？
3. 欺骗别人的结局是什么？

哥 俩 好

从前有兄弟二人一起去打猎，在路上看见一棵大树下有许多瓦罐倒扣在地上。哥哥见到后很害怕，觉得有妖怪在附近，感觉周围阴森恐怖。弟弟把瓦罐一一翻过来，翻开最后一个瓦罐的时候，从里面出来一位老太太。

心理描写

此为心理描写，表现出哥哥胆小怕事的性格特征。

老太太先对哥哥说："小家伙，你能送我回家吗？"哥哥立马摇了摇头，拒绝了。

老太太又问弟弟："你能送我回家吗？"弟弟没有犹豫立马答应下来。说完就陪着老太太走，哥哥也在后面跟着。他们就这样走了很长很长的路，才来到老太太家门前。门前有一棵很大的树。老太太对弟弟说："把树给砍了。"弟弟照着老太太说的就把树给砍了，树倒以后，从里面出来很多的牲畜。兄弟俩把老太太送回了家，老太太把这些牲畜作为谢礼送给了弟弟。兄弟俩和老太太告别以后，就牵着牲畜往回走。

对比

这里表现出了弟弟的善良和热心，与哥哥的胆小冷漠成了鲜明对比。

他们在沙漠里走了很久，一口水都没有喝，嘴巴都已经裂开了。经过一道悬崖峭壁的时候，他们看见下面有水。哥哥对弟弟说："你帮忙用绳子拉着我，我先下去喝水，然后我再帮你。"弟弟同意了。就这样，弟弟在身上缠了一圈绳子，哥哥抓着另一头缓缓地下去喝水了，喝好了水的哥哥被弟弟拉上来。弟弟也想喝水，哥哥用同样的方法将弟弟弄下去，却把绳子扔掉了。丢下弟弟一个人在深渊中，哥哥自己带着牲畜回家去了。

名师解读

弟弟帮助哥哥成功喝到了水，将哥哥拉了上来，而哥哥却将弟弟留在了深渊，一个人回家了，表现出哥哥的自私、冷血。为了利益而舍弃了亲人，这样的人无疑是冷血自私的。

父母看见兄弟俩一起出去，却只回来了一个，就问

名师解读

邻居尚能关心弟弟的安危，将有关弟弟的事情告诉其父母，说明其有情有义的一面。而作为兄长，却毫无手足之情，从侧面也说明了哥哥冷血、毒辣的性格。

阅读笔记

语言描写

此为语言描写，通过这段话，显现出弟弟聪明的一面。

哥哥："怎么回事，弟弟哪儿去了？"哥哥装出一副很吃惊的样子，说："他不是早就回来了吗？在路上我们遇见一个老太太，她请求我们送她回家，弟弟不愿意就先回来了，这是我把老太太送回家后，她为了感谢我，送给我的这些牲畜。"

第二天清晨，一只小鸟在天空边飞边喊："快救人啊！快救人啊！老二掉进深渊出不来了！"邻居们听到飞鸟的叫声后，赶紧告诉了他的父母："你们听到鸟说话了吗？说你家老二掉进深渊了。"

父亲和母亲赶紧跟着飞鸟一起来到了深渊，飞鸟飞进了深渊某处，大声地叫着："快救人啊！快救人啊！老二掉进深渊出不来了！"父亲向下一看，小儿子确实在下面待着呢，大声对弟弟说："孩子，你没事吧，你是怎么下去的？"

小儿子将事情的经过告诉了父母亲：

"我们打猎的时候看见一位老太太，她要哥哥送她回家，但是哥哥不愿意，于是我就送老太太回家了，哥哥一直在后面跟着，等我把她送回家后，她让我把门前的枯树给砍了，然后从树中钻出了许多的牲畜，我和哥哥就一起牵着牲畜往回走，路过这里喝水的时候，哥哥就把我扔到了这里，自己回去了。他想除掉我但又不敢，只好把我困在深渊里。"

"我可怜的孩子！"父亲说："我该怎么帮你上来呢。"

"拿一根结实的绳子就可以把我拉上去了。"弟弟回答说。

父亲赶紧跑回家去拿绳子，母亲就在深渊上边给弟

动作描写

此为动作描写，文章在此塑造出了一个爱孩子的母亲形象。

弟投喂食物。父亲将绳子拿来后，放下一头给弟弟，弟弟将绳子紧紧地系在腰上，父亲就把弟弟拉了上来。母亲抱着弟弟流下了喜极而泣的眼泪，一家人一起开开心心地回家了。到家后，他们却发现哥哥不见了，不知道去哪里了。

精简点评

故事通过几件小事情，表现出哥哥自私、胆小、贪婪的性格特征，前面的叙述都是在为后面陷害弟弟做铺垫。哥哥的行为表明他在利益面前，已经没有亲情、友情、爱情可言了。这是个值得让人反思的故事，文章简单易懂的语言更加直接地揭露出人的性格上的缺点。希望这些问题能引起人们的注意。

佳词美句

悬崖峭壁　深渊　喜极而泣

哥哥用同样的方法将弟弟弄下去，却把绳子扔掉了。丢下弟弟一个人在深渊中，哥哥自己带着牲畜回家去了。

一只小鸟在天空边飞边喊："快救人啊！快救人啊！老二掉进深渊出不来了！"

母亲抱着弟弟流下了喜极而泣的眼泪，一家人一起开开心心地回家了。

阅读思考

1. 哥哥为什么拒绝送老太太回家还要一路跟着？
2. 哥哥为什么要陷害弟弟？
3. 通过这个故事，你悟出了什么道理？

叶达纳与秃鹫

在一次大灾难过后，天界众神为人类建造了城市取名维也纳，并任命叶达纳为城主，统治剩下的人类。

叶达纳为了感谢和供奉天神，他在城市中心建造神殿，神殿后面有一棵树叫作浮游树，它的根部有蛇穴，树梢又有秃鹫的巢。作为邻居，蛇和秃鹫的感情很亲密，不久之后，蛇生了小蛇，秃鹫也生了雏鹫。蛇把偷袭捕到的羚羊等野兽拖回洞穴，给小蛇吃。秃鹫也捕抓豹、虎等，把肉叼到巢里给雏鹫吃。这两家的小孩都很顺利地长大，尤其秃鹫的幼鸟长得更快，更大。后来，秃鹫为了节省体力，就趁着蛇不在家的时候将小蛇当作幼鹫的食物。等到蛇晚上带着食物回来后，发现小蛇不在了，马上明白了是怎么回事，就到太阳神夏芒胡面前哭诉："我和秃鹫本身就有友情的誓言，可是现在它却违背了誓言。不但侵占了我的巢穴，还吃掉我的孩子。夏芒胡啊！请惩罚做坏事的秃鹫吧！"

太阳神夏芒胡听完蛇的控诉，很同情地说："蛇啊！你到草原那边去，会遇到一头野牛的尸体。你把它的肚子咬破，藏到里面去。不久之后，天上的鸟类会飞下来吃野牛的肉。你的敌人秃鹫也会飞来。当那只秃鹫靠近野牛的肠子附近，你就用身子缠住它，将它的羽毛通通拔掉，扔进洞穴里。"

蛇就按照太阳神夏芒胡的指示去做，失约的秃鹫，看到野牛的尸体，马不停蹄地冲了上去。刚将嘴伸出来，就

做铺垫

这里交代故事发生的背景，为下文的发展做铺垫。

叙述

这里表现出秃鹫自私的一面。

名师解读

秃鹫背叛了誓言，因而受到了惩罚，它被蛇拔掉羽毛，扔进洞穴。这件事让那个秃鹫有了悔改之心，同时为下文做铺垫，使故事情节发展更为自然。

阅读笔记

被蛇在一旁偷袭了，蛇拔掉了秃鹫身上的羽毛，将它扔进了很深的洞穴里。秃鹫开始向太阳神夏芒胡反思自己的过失，请他给予同情："夏芒胡啊！我已经知道错了，也愿意真心地去改正，请可怜可怜我吧！"太阳神夏芒胡对秃鹫说："你违反与蛇之间的誓言就应该接受惩罚，不过看在你诚心悔过的份儿上，我还是救你吧！等有人经过你那里，就可以救你了。"

成为维也纳城主的叶达纳，一直想要一个孩子，但是妻子多年都没有怀上，他为此常常抱怨。为了得到孩子，他真诚地供奉了众神，但是一直都没有任何效果。于是想到了太阳神夏芒胡，便来到他的面前真诚祈求说："太阳神夏芒胡啊！请你给我一个孩子吧！让我的名声能够永久地流传下去。请你告诉我有关天界上的'送子草'的事情。"太阳神夏芒胡，就对叶达纳说："你一直往前走翻过高山就可以看到受惩罚的秃鹫，他会告诉你有关'送子草'的事情。"叶达纳按照夏芒胡的提示，一直往前走，越过高山，到达一个洞穴前。

名师解读

叶达纳因为多年没有孩子，希望上天可以满足自己的愿望，听说天界有"送子草"，所以来请求太阳神。

秃鹫看见有人来了，就请求他帮忙将自己救出来。叶达纳对秃鹫说："我可以救你！但是有一个条件，我救你，你要帮我一件事，告诉我有关天界'送子草'的事。"秃鹫连忙答应叶达纳的条件。

叶达纳看见秃鹫同意了自己提出的条件，伸手就把秃鹫拉了上来，喂给它食物，精心照料它，等到秃鹫的身体完全康复以后，叶达纳再次提醒它和他的约定。于是，秃鹫就让叶达纳坐在自己的身上，飞上了天空。

刚从地上出发约两小时的时候，秃鹫对叶达纳说：

"朋友啊，你看看脚下的大山大河吧，山依旧很遥远，但是大河看着就像是一个小小的池塘一样。"又前进了约两个小时以后，秃鹫又对叶达纳说："朋友啊！你再看看脚下的大地，大海像不像田野间的运河？"六个小时以后，秃鹫告诉叶达纳，快要接近天界了。他们进入亚奴神的天界领域，走进亚奴神、恩利鲁神、耶亚神的神殿大门。这时候，叶达纳已经改变心意了，对刚才飞行的恐惧仍然心有余悸，便放弃要获得天界的"送子草"了。叶达纳对秃鹫说："朋友啊！我决定不到天界去了。我想改变方向，请飞回地面吧！"

比喻 这里运用了比喻的修辞手法，生动而形象地表现出此时的大河之小。

心理描写 此为心理描写，表现出叶达纳的胆小善变和他不坚定的信念。

于是秃鹫便改变方向，飞回地面。经过两个小时，叶达纳抓紧秃鹫。经过四个小时，叶达纳也拼命地抓紧秃鹫。经过六个小时，叶达纳仍然拼命地抓紧秃鹫。突然间，不知道是不是因为突如其来的强风，秃鹫和叶达纳一起坠落，消失在天界的一隅。

精简点评

本故事讲述的是关于信仰的问题，以蛇与秃鹫、秃鹫与叶达纳之间的关系为线索，一点一点地介绍叶达纳、蛇与秃鹫之间誓言的背叛；秃鹫因为背叛誓言而受到了惩罚。在惩罚的过程中，秃鹫明白了背叛的含义。在和叶达纳的交往中，秃鹫一直陪伴在叶达纳的身边，经历过大风大浪后，就在马上要见到彩虹的时候，叶达纳放弃了，叶达纳放弃的不只是生命，还有对信仰的坚持。

佳词美句

秃鹫　心有余悸　突如其来　悔过　坠落

山依旧很遥远，但是大河看着就像是一个小小的池塘一样。

你再看看脚下的大地，大海像不像田野间的运河？

经过两个小时，叶达纳拼命地抓紧秃鹫。经过四个小时，叶达纳也拼命地抓紧秃鹫。经过六个小时，叶达纳仍然拼命地抓紧秃鹫。

阅读思考

1. 蛇和秃鹫之间的矛盾是什么？
2. 为什么叶达纳祈求众神没有得到回应？
3. 叶达纳放弃“送子草”的原因是什么？

月宫少年

很久以前，乌干达的一条大路旁边有一座香蕉园。因为距离道路太近，来往的行人或多或少都会偷一些香蕉回去。这个香蕉园的女主人就在园区和道路之间挖了一条很深的沟，沟里插上树枝、木棒、竹签，沟顶覆盖上泥土和杂草。她想：要是再有小偷来偷香蕉，非掉进这个陷阱不可。

行为、心理描写

这里是对女主人的行为描写和心理描写。女主人为了防止有人偷香蕉才想出的这个办法，没承想却给家里带来一场祸事，为下文的剧情发展做了铺垫。

第二天傍晚，酋长家的牧人赶着牛路过这座香蕉园，有一头牛想偷吃香蕉，没想到不小心掉进陷阱，摔断一条腿。随后牧人将此事报告酋长，酋长大怒，立即派人将香蕉园的主人叫来，训斥她说："你为什么暗算我的牛？"香蕉园的主人向酋长说明了自己的用意。酋长不仅不谅解，反而大发雷霆，说道："原来你不只想杀我的牛，还想杀害我的子民啊。"便下令将她痛打一顿，说道："我今天暂时饶你性命。作为惩罚，今后只要是你生的孩子都由我来处置，男孩直接就杀了，女孩的话，养到十二岁后，送到我家为奴。"不久，香蕉园的女主人生了一个男孩。女主人为了保住孩子的性命，买通接生婆，让她报告给酋长说是女孩。同时为了躲避酋长的耳目，她只好放弃香蕉园逃到一个偏远的地方。

孩子叫穆凯瑟，因为是雨天出生的，所以起名为穆凯瑟，意为"彩虹"。后来，穆凯瑟长大了。他每天到山坡上去放羊。他一边守着羊群，一边吹芦笛。

光阴荏苒，十二年很快过去了。一天，酋长派人找到香蕉园的主人说："按照当初的规定，现在就把你家的孩

语言描写

此为语言描写，香蕉园的主人一家已经逃得很远了，没想到还是被发现了。这段话推动了故事情节的发展。

子带到酋长家为奴去吧。”

香蕉园的女主人让保姆偷偷把穆凯瑟叫下来，将他按照女孩子的模样进行装扮。穆凯瑟感到莫名其妙。妈妈流着眼泪，把事情的原委对他详细讲了一遍。她说：“孩子，我虽然救了你一命。本以为逃到这里，酋长就不会找到我们，没想到他还是派人来了。我没有别的办法，只好送你去他家。你在那里要多加小心！”

保姆陪着穆凯瑟来到酋长家里。酋长见这个“女孩子”长得很漂亮，便很高兴。他对保姆说：“好好照看她，教会她给我做饭。”

行为描写

此为行为描写，表现出穆凯瑟警惕心不强，符合孩子的性格特征。

初到酋长家时，穆凯瑟不免小心翼翼地生活，但日子一长，难免放松戒备。有一天，他捡到一根芦笛，不假思索地拿着吹起了那支牧羊小调。人们看到一个女孩子吹芦笛，都感到很奇怪：“这是谁家的女孩子？她怎么会吹芦笛？”

穆凯瑟发觉自己的身份可能暴露，心里便有点害怕。从此，他又加倍小心起来，但他毕竟只是个孩子。没过多久，他又忘乎所以，竟跟着一些男孩子玩耍起来。大家都说：“她看起来不像个女孩子，是假装的吧！”

穆凯瑟听到这话之后顿时被吓坏了，他害怕事情败露，赶紧跑回自己的屋里。孩子们将这事告诉自己的父母。就这样，一传十，十传百，很快就传到了酋长耳朵里，他立即下令：“告诉女仆，明天一早，把小女孩叫来，我要把事情查个水落石出。”

保姆听说以后，非常惊慌。穆凯瑟也很发愁，他走到院子里，坐在一块大石头上，苦思冥想，如何应付明天酋长的审问，但始终找不到一个万全的办法。

心理描写 此为心理描写，表现出穆凯瑟的忧愁。事情到底如何解决呢？为文章设置悬念，引起读者的好奇心。

这时，有一只老鹰落在他身边，问道：“小丫头，因为什么事睡不着啊？”

“我不是女孩。”穆凯瑟将自己的遭遇原原本本地告诉了老鹰。

“那你就只能向月亮祈祷了！”老鹰只说了这一句就飞走了。

穆凯瑟抬起头来，看着遥远的月亮，冷冷清清的，不知道该怎样办。这个时候，一只蟋蟀跳到了穆凯瑟的身边。“我知道了你的遭遇，只有月亮能救你。”蟋蟀说，“你只需要面对这月亮闭上眼，无论你有什么话或者什么要求，都可以在心中向月亮述说了。”

穆凯瑟按照蟋蟀的指点，轻声乞求说：“亲爱的月亮大人，请可怜可怜我，教教我该如何面对明天酋长的质问吧。”

穆凯瑟刚说完，就听见一种虚无缥缈又清晰无比的声音说：“孩子，如果你明天听从酋长的话，那你就是必死的结果。我住在霞云之邦，你如果愿意，就到我这儿来暂时避一下吧！”

名师解读 对于穆凯瑟的请求，月亮愿意帮助他渡过难关，接他到月亮上暂时躲一下。但这只是一个暂时的办法。只有通过自己的努力，才能彻底地解决问题。所有事情都是有方法解决的，目前陷入困境的你，受人指点一下，可能茅塞顿开，从而找到解决问题的办法。

穆凯瑟意识到这是月亮在说话，就说：“你住得太高，我怎样才能去啊？”

月亮说：“我可以为你造一道虹桥，你就顺着虹桥上来吧！”

阅读笔记

说话间，雨下了起来，一道美丽的彩虹出现在眼前。穆凯瑟对身旁的蟋蟀说：“请把我的去向转告给我的父母，谢谢你了。”说完，顺着虹桥去了月宫。

第二天，酋长派人来叫那个漂亮的“小女孩”，但哪儿都找不到。他又指派更多的人四处搜查，也毫无结果。穆凯瑟的妈妈和保姆从蟋蟀那儿得知孩子已安全地到了月宫，心头如释重负。夜晚，她们抬头望月，看见穆凯瑟在月宫中的身影，便感到欣慰。一般人不知底细，但也都发现月宫中多了一个孩子的身影，于是人们就把这个孩子称为“月宫少年”。

精简点评

这个故事讲述的是一个俊美的小男孩“男扮女装”到酋长家做奴仆，不料因为自己的贪玩而暴露身份，被迫到月亮上躲避的故事。这个故事告诉我们：遇到事情不应该一味地逃避，要学会勇敢地去面对，做一个勇敢的人，即便前方困难重重，也应该咬着牙向前。

佳词美句

莫名其妙　小心翼翼　不假思索　忘乎所以

败露　水落石出　祈祷　冷冷清清

有一天，他捡到一根芦笛，不假思索地拿着吹起了那支牧羊小调。

穆凯瑟抬起头来，看着遥远的月亮，冷冷清清的，不知道该怎样办。

夜晚，她们抬头望月，看见穆凯瑟在月宫中的身影，便感到欣慰。

阅读思考

1. 穆凯瑟为什么要到酋长家当奴仆？
2. 他是怎样前往月亮的？
3. 这个故事告诉我们一个什么道理？

鲁卡斯和动物们

外貌描写

此为外貌描写，写出了这条鱼的怪异，让人对其充满了好奇。

阅读笔记

很久以前，在非洲大地上，有一个部落酋长的妻子怀孕的时候，特别爱吃河里新打上来的鱼，因此她的仆人卡东就每天去打鱼。有一次，卡东打到一条有腿有胳膊、长着人头的鱼，他站起身来只有卡东的膝盖那么高。

“你是谁？”卡东浑身颤抖地问道。

只听见他用如音乐般动听的声音回答说：“我是土地老爷，去把酋长和他的妻子带到我的面前，否则让你们一条鱼都抓不到。”卡东被吓得拔腿就跑去报信。

酋长和他的妻子穿上最华丽的长袍来到了河边。酋长用恭敬的语气向那个怪物打招呼。“我已经按照您的要求来了，有什么事情，请说吧！”那个半鱼的妖怪浮出水面，来到他们的面前，用动听的声音说：“我是土地老爷，我可以让你的仆人卡东每天都能打到鱼。前提是如果你有了女儿，就让她当我的妻子；如果是男孩，就当是我的儿子，必须以鲁卡斯为名。”说完，他就消失了。

过了不久，他们的儿子出生以后，他们给他取名为鲁卡斯，可是关于土地老爷和他说的话，他们早已经忘得干干净净。男孩长大了，他长得又结实又勇敢，而且很聪明。一天夜间，酋长在梦中又听见那种动听的声音：“鲁卡斯现在必须和他的土地老爷父亲一起在水里生活。如果你不听我的话，他肯定会死的！”

第二天早上，酋长把妻子和鲁卡斯叫到身边，说：“我一直有预感当年的话有一天会实现。鲁卡斯，你必须离开这个地方，我的儿子，你能走多远就走多远。我给你一头公牛当坐骑，山羊、猪和小鸡作为食物。可是你绝不能过河，因为土地老爷在那里等着你。走好，我的儿子，用不了多久我们会再见面的。”

在旅程的第五天，鲁卡斯进入林间，那旦聚满了飞禽野兽，还有昆虫。鲁卡斯无所畏惧，走进了树林的中心，狮子正站在羚羊的尸体旁边。“鲁卡斯，你来了。”狮子吼叫起来，“来帮助我们解决难题吧，我们要把这只动物分成许多碎片，让所有的动物都能分享。”可是当鲁卡斯分完肉发现根本不够，他又宰杀自己的公牛、山羊、猪和小鸡，并且把肉分成许多份，让动物们一起享用。

> **动作描写** 此为动作描写，鲁卡斯在给森林中的动物分发食物时，发现不够分，于是将自己的食物拿出来分给大家，他的举动赢得了所有动物的尊重，表明了鲁卡斯无私奉献的精神和慷慨大方的品质。

“你的慷慨大方在未来会获得回报的。”狮子说，“我们发誓，在将来你需要我们的时候，我们就会出现并帮助你。如果你将来遇到麻烦就高喊‘路亚’加上我们的名字，你就能随意变成狮子、豹子、狼、鹰，甚至蚂蚁。”就这样，鲁卡斯来到了安哥拉的一个村庄，那是莫西统治的地方。他变成一只羽毛华丽的鸟，在西方酋长的头顶不停地飞翔。被酋长美丽的女儿契尼雅看到，她说：“我从小到大还没有见过这样美丽的小鸟。”鲁卡斯在天空中第一次见到这么漂亮的姑娘，他变回人形，与这位姑娘深深相爱。有一天，鲁卡斯就把他的经历一五一十地讲给酋长听，并且说希望娶契尼雅为妻。

> **名师解读** 鲁卡斯对莫西酋长的女儿一见钟情，希望可以娶她为妻，并且如实告诉了酋长自己的一切，从而取得了酋长一家的信任，说明鲁卡斯是个坦诚的人，同时可以看出他助人为乐的性格特征。

“如果她愿意，你就可以娶她。不过我央求你做件事情。”酋长听完鲁卡斯的请求后愉快地答应了，顺便提出了一个小的要求。

“什么事都行，什么事都行。”鲁卡斯高兴坏了，终于

名师解读

鲁卡斯还没有听完全部的过程，就着急出发去寻找目标，他通过变化成各种动物而变得强大和灵活。其实他在帮助他人的同时，也是在帮助自己。鲁卡斯花了很久的时间寻找，最终才找到了目标，从这点可以看出，鲁卡斯有一份坚定不移的信念，答应的事就一定想办法做到。

可以和心爱的姑娘在一起了。

“我们家里有一件悲伤的事情。”酋长说，“很久以前，我们的敌人将我的小女儿抢走了，听说她在他们那里做仆人，我希望你能帮我把她带回到我的身边。”

他的话还没有说完，鲁卡斯便迫不及待地大声疾呼：“路亚，老鹰！”瞬间他的双手就变成了两个巨大的翅膀，在空中拍翅飞行。飞过许多的村庄，他看见一个几乎和契尼雅一样漂亮的年轻姑娘正在往路旁倒垃圾。

夜晚，鲁卡斯潜入姑娘的茅舍，“不要尖叫。”他说，“我是从你父亲那里来带你回家的，立刻起身，快跑！一会儿有一只鹰带你走，不用害怕。现在什么都不要问，快！现在就跑！”鲁卡斯不断催促她，让她快跑！姑娘照他吩咐的那样，默不作声地冲出茅舍，进入灌木丛。鲁卡斯还没有来得及逃走，就被一个勇士发现了，他挥舞着长矛，喊叫：“多管闲事的家伙，竟然来抢我们的俘虏！你该死！”他猛地投出标枪，茅舍立时倒塌了。

鲁卡斯瞬间变成一头大象，耳朵扇动着，发出尖厉的叫声，把四个追逐姑娘的勇士踩死，大象的影子罩着姑娘，她惶恐地倒在地上，只觉得天旋地转，身子越来越沉重。这时，鲁卡斯变成一只鹰，用利爪抓着她的衣服飞上空中。

就这样，小姑娘被带回了她的家乡，而姐姐契尼雅同鲁卡斯举行了隆重的婚礼。

精简点评

本文讲述的是鲁卡斯在被迫逃离家乡的过程中将自己的食物分享给森林里的动物们，从而得到动物们的力量，最后帮助心爱的女孩找回了妹妹的故事。懂得与他人分享，才有可能在关键时刻得到他人的帮助。这个故事告诉我们：做人不能太自私，要学会与人分享，帮助他人，让自己的人生更加充实、更加有活力。

佳词美句

颤抖　干干净净　无所畏惧　慷慨大方　迫不及待

卡东打到一条有腿有胳膊、长着人头的鱼，他站起身来只有卡东的膝盖那么高。

他用如音乐般动听的声音回答。

他变成一只羽毛华丽的鸟，在西方酋长的头顶不停地飞翔。

他的双手就变成了两个巨大的翅膀，在空中拍翅飞行。

阅读思考

1. 鲁卡斯为什么离开父母远走他乡？
2. 他为什么能得到动物们的支持？
3. 你从中领悟出了什么道理？

班歌的故事

有一天，创世神之一的奥美哲恩来到人间，他乘坐一艘小船在河中游玩。船停靠在一个人口众多的村庄的河边。这时，有一个年轻的姑娘到河边来打水。奥美哲恩一眼就看中了这个姑娘，因为她美丽大方、勤劳持家。他将她带到了很远的地方，并让她怀上了一个儿子。这个姑娘的名字叫欧伯莱，自此，她永远消失在了人间。

后来，欧伯莱生下一个儿子，取名为班歌。班歌逐渐长大，欧伯莱非常疼爱班歌。有一天班歌从父亲的禁区里偷了一条鱼出来，这让奥美哲恩非常生气，他把欧伯莱困在了家里。奥美哲恩抓住班歌，把他从高处摔了下去。班歌一直往下落，掉到山那边的大河里，幸运的是，他落下的地方离岸边并不太远。一位捕鱼的渔夫救了班歌，并把他领回了家。

奥美哲恩刚把班歌扔掉，欧伯莱就冲了出来。可惜还是差

了一步，她只能眼睁睁地看着班歌被摔下去了，欧伯莱绝望地离家出走了，奥美哲恩这时心中后悔又焦急，他发誓要不惜一切代价找到班歌。可惜找遍了陆地和海洋，都没有找到班歌。

阅读笔记

原来，救了班歌的渔夫其实是个大巫师，他早就认出了班歌的不凡身世，他小心翼翼地把班歌藏了起来，不愿把他交出来。将班歌藏在一个岩洞里面，岩洞又深又黑。班歌觉得这里是安全的。因此，他在那儿待了很久。

然而，奥美哲恩还在拼命找他，并且发疯似的，每天都说："我一定要找到班歌。"奥美哲恩来到森林里，遇见了变色龙。

"变色龙，你见过班歌吗？"

"我确实看见一个人打这儿经过，但是谁会把他的名字告诉我呢？"

"那他到哪儿去了？他的村子在哪儿？"

"他一会儿到这儿，一会儿到那儿，他的村子在森林的那一边。"

对话描写

此为对话描写，变色龙为了保护班歌，对奥美哲恩撒了谎，这就是善意的谎言，表现出了变色龙的友善，他这样做只是为了保护对方不受到伤害。

奥美哲恩很气恼地走了。变色龙却跑到岩洞里来，告诉班歌说："班歌，你父亲正在找你，当心点儿。"

说完，变色龙就爬到了岩石顶上。班歌得到了警告，仔细地擦掉了他留在地上的踪迹。然后，在岩洞深处藏起来了。蜘蛛们在洞口结了又厚又坚固的蜘蛛网，而变色龙又急忙往网上扔了一些苍蝇。

奥美哲恩继续追捕，他碰到了蛇，便问他看没看见班歌，蛇告诉他班歌就在山洞里。奥美哲恩加快步伐，来到了山洞跟前。他看见了蜘蛛网和网上的苍蝇。他说："这

叙述

这里描写了蛇告诉了奥美哲恩事情的真相，表现出蛇的坦诚和不安好心。

阅读笔记

儿是不会有人的！”

奥美哲恩走远了。班歌从山洞里走出来说：“变色龙，你做得很好。这就是对你的报酬。今后你可以随意变换颜色，这样，你就可以躲过你的敌人了。”变色龙说：“太好啦！”班歌又对蜘蛛说：“你做得也很好，以后你在哪儿，就给哪儿带来幸福。”说完，班歌就走了。路上，他找到了蛇，用脚后跟猛一踩，就把蛇的脑袋踩扁了。奥美哲恩最终一无所获，疲劳不堪地重新回到天上，不再寻找班歌了。

班歌长大以后，周游了世界，接触了所有的人和所有的种族。他是一个善良的人，经常教导人们要做好人，要做好事。班歌脖子上挂着一块碧玉，这块碧玉可以创造各种奇迹。奥美哲恩曾在这块碧玉上刻了他的名字，这碧玉是奥美哲恩第一天看见班歌的母亲欧伯莱时送给她的。

名师解读

班歌在周游世界的时候，经常教导人们要做好事，说明班歌是个心地善良的人，他在用自己的行动教导人们。

欧伯莱又把碧玉给了儿子班歌。戴着碧玉，班歌可以随心所欲地离开他的肉体，箭射不中他，斧子砍不伤他，有毒的竹竿也刺不透他的光脚，而地上的一切财宝都是属于他的。

后来，班歌要到很远很远的地方去。他动身到高山的那一边去，而那儿的坏人见班歌剖开了土地，探出了地里的财宝之后，就日日夜夜盯着他。最后，班歌知道他们是坏人，就躲着他们。有一天，他们终于发现了班歌手中拿着的碧玉。为了抢走班歌的财富和掌握他的秘密，他们夺去了碧玉，并且把他杀了。

名师解读

班歌一生都在帮助人，做好事，但最后不幸被坏人害死了。

精简点评

班歌是个半神之体，因为他的父亲是神，母亲却是人。班歌一生都在帮助他人，虽然年轻的时候曾经被父亲追杀过一段时间，好在有变色龙和蜘蛛的帮助，顺利地躲过去了。在他周游世界的过程中，他不断地劝导人们要做好事、做善事。虽然他的结局有点凄惨，但是他乐于助人的精神是值得我们学习的。

佳词美句

美丽大方　小心翼翼　疲劳不堪　随心所欲　一无所获

今后你可以随意变换颜色，这样，你就可以躲过你的敌人了。

班歌长大以后，周游了世界，接触了所有的人和所有的种族。

他是一个善良的人，经常教导人们要做好人，要做好事。

箭射不中他，斧子砍不伤他，有毒的竹竿也刺不透他的光脚，而地上的一切财宝都是属于他的。

阅读思考

1. 班歌为什么会隐藏在山洞之中？
2. 救他的渔夫的用意是什么？
3. 从班歌的故事里你领悟到了什么道理？

小石头的故事

语言描写

此为语言描写，通过这段话，塑造出了一个勇敢无畏的人物形象。

从前，有一个名字叫作米西亚的少年。他不管面对多么危险的情况，心中从来都不会产生害怕的情绪。他的性格也十分倔强，很少有人能够改变他的想法。他最常对人们说的话就是：“这个世界上没有我惧怕的事情，不管什么危险，都不能让我害怕。”因此，米西亚的伙伴们都想考验考验这个勇敢的少年，看看他到底是否如自己所说的那样勇敢无畏。但是不管伙伴们用什么办法，都没能让米西亚皱一下眉头，更别说害怕了。就这样，人们都开始叫他“小石头”，那为什么会叫他“小石头”呢？原来是因为大家都觉得米西亚就如同石头一样坚硬，不能被攻破。慢慢地，人们经常叫他的外号，而他最开始的名字被大家遗忘了。小石头的故事慢慢流传开来，最后竟然还传到了王宫里。国王听说后，觉得这件事肯定不是真的，他不相信世界上真的会有如此勇敢的人，便下令让人将小石头带到王宫来，他要亲自考验考验他。小石头被带过来后，国王上下打量着他，随即便对他说道：“你今天晚上到王宫后面的那所破庙里睡上一觉，如果你能够平安回来，我就将我最珍爱的公主嫁给你。”

比喻

这里为读者详细介绍了“小石头”这个外号的由来。通过这个外号，也可以看出米西亚是一个勇敢无畏、坚韧不拔的人。同时运用了比喻的修辞手法，使文章生动而形象。

这件事一下子便传开了，全国的百姓都得知了这件事情。要知道，国王所说的那座破庙，可是一座从前就有的古庙啊，传说那里还有魔鬼经常出没，被大家称为“魔窟”。在那里曾经发生过很多奇怪的事情。据说曾经有一个人在庙里过夜的时候，被魔鬼剖开了胸膛，挖走了心脏，还被吸干了所有的血液，到了第二天的时候，整个人变成了一个骷髅架子。所以当大家听说小石头要去庙中过夜的时候，都不禁为这个少年捏了一把汗。

小石头听到后，却丝毫没有害怕，反而表现出一副轻松的模样，他对国王说："想必陛下您还没有听说过我的事迹吧，大家之所以都管我叫小石头，是因为我对任何事情都不惧怕。那咱们就约定明天见吧！"

快到傍晚的时候，小石头便收拾好自己的行李，来到了王宫后面的那座古庙，他面色轻松地躺在地上休息。国王害怕小石头会欺骗自己，于是便命令自己身边的四个魔法师立即赶到古庙，然后在庙外隐藏起来，不要被人发现，到晚上的时候盯紧小石头，不要让他偷奸耍滑。

到了半夜的时候，果然有一个妖魔出现了，他一眼便看到了在地上躺着的小石头。妖魔走到了小石头的身边，凶狠地瞪着他，仿佛要将他生吞活剥一样。小石头见状，便大声对妖魔喝道："你便是那个妖魔吧！为什么一直这样盯着我瞧？天哪，你长得可真是太丑了！"妖魔听后没有任何反应，但是嘴里的牙齿却磨得直响，他看小石头的眼神更加凶残了。小石头看妖魔一言不发，便再次大声喊道："我说你这妖魔，还不赶紧走，一直跟木头似的站在这儿，你没事，我可是还有事要做呢！"站在一旁的妖魔仍然沉默不语，但是脚下却开始动了，他渐渐向小石头靠近。小石头看到后，立刻对妖魔厉声喊道："停住！别再往前走了！你要是有什么话，就直接对我说，不要对我图谋不轨！我可不会怕你！"

妖魔继续沉默着，但真的没有再向前走动了。小石

举例子

此为举例子，作者通过生动、真实的事例，为读者展现了古庙的危险和可怕，侧面突出了小石头的勇敢和无畏，让读者不禁为他担心起来。

叙述

这里表现出国王的小心谨慎和智慧，同时也为后文这几个人为小石头解围埋下了伏笔。

语言描写

这里是对小石头的语言描写，从小石头制止妖魔靠近的话语中，可以看出小石头是一个小心谨慎、勇敢无畏的人，这也就为小石头最终打败妖魔奠定了基础。

名师解读

小石头的名号如雷贯耳，连妖魔都知道，并且妖魔都对他惧怕不已，从而可以看出小石头这次的考验并没有难度，暗示了小石头会平安地度过这一夜。那么小石头最终能够顺利地娶到公主吗？

头看准了妖魔出神的时机，他一把便抓住了妖魔的胳膊，狠狠捏着他的手，然后使尽了全身的力量，狠劲儿地掐了下去。妖魔被小石头掐得声音都变了，嗓子里发出了怪声怪气的叫声。妖魔拼命地挣脱小石头的手，一脱身，便立马逃走了。就在这时，有五个妖魔同时出现在了古庙里，他们才刚刚现身，便看到了自己的同伴一边喊叫一边飞一般地往外跑。他们看了彼此一眼，都对此十分不解，然后惊奇地议论起来："哎哟！这到底是怎么回事啊？他怎么跑得那样快？快看，这不就是妖魔的克星小石头吗？他的名头那么响亮，今天我们可终于看到本人了。幸亏咱们的大王没有一起跟着过来，要是被小石头捉住了，那咱们的大王不得被他痛打一顿！"

这时，黑夜已经过去，天空慢慢亮了起来。小石头就这样征服了妖魔，平安地在庙中度过了一夜。小石头根本没有丝毫的恐惧，反而还一脸高兴地走了出来。

名师解读

本来为了监视小石头的人，如今却成了小石头的证明人，他们成功地解除了小石头面临的危机。这样的反转，将故事的曲折性展现得淋漓尽致，也让大家产生了一个疑问，小石头能成功娶到公主吗？

小石头背上背着自己的行李，来到了王宫中，找到国王，并向他说："我平安回来了。"当时在场的人看到小石头后，都觉得十分不可思议。他们甚至怀疑小石头根本就没有在破庙中过夜。这时，被国王派去监视小石头的四个魔法师风尘仆仆地来到了这里。他们将昨晚庙中发生的事情如实禀告了国王，顺便也为大家解开了心中的困惑。所有的人都被惊得目瞪口呆。这时，国王心中也没有了怀疑，他看着面前这个英勇的少年，决定履行自己的诺言。

公主是一个聪明伶俐又智慧超群的女孩，她因为聪慧，而常常被国王和王后夸奖。国王和王后也将公主视为掌上明珠，对她十分看重。公主听说小石头在庙中过夜的事情后，根本就不相信世上会有如此勇敢的人，她便想着自己一定要亲自再考察他一次。这天她向全国民众宣布了这样一则公告：从现在开始，一直到日落为止，若是有什么事情能让小石头害怕得发起抖来，那么他就不是最勇敢的人，也就不能娶她为妻。公主还用罐子装了满满一罐的冷水，让卫兵将其带去小石头家。公主和卫兵们来到小石头家后，径直走向小石头睡觉的房间，他们进屋一看，发现小石头睡得正香。公主便接过卫兵手中的那罐冷水，一下子泼到了熟睡的小石头身上。罐中的水冰凉刺骨，小石头被冷水一激，立马从床上跳起来，嘴里不由得喊着："哎哟！可冷死我了！"被冷水浇过的身子不住地打着哆嗦。士兵们一看，都忍不住笑起来，他们口中还连声说着："快看，快看，小石头害怕得发抖了！他被吓得发抖了！"

小石头这才醒悟过来，他睁开眼睛，看到公主就站在他的身前，羞愧难当的小石头再也没有办法留在这里，他赶忙下了床，冲出人群，一直朝着城外的荒野跑去。那个时候，太阳非但没有落下，反而还高高挂在空中。人们听闻这件事后，都称赞公主的聪慧。

第二天一早，国王便下令让人将小石头带进王宫来。小石头来到国王面前的时候，还是一脸的羞愧。国王当即宣布要任命小石头做军事长官，并且还分配了他一座豪华美丽的宫殿。国王从自己众多的女仆中选出了两名最为年轻漂亮的，嫁给了小石头做妻子。国王虽然曾经许诺要将自己最珍爱的公主嫁给他，但是无奈小石

阅读笔记

动作、语言描写

这里是对小石头的动作描写和语言描写，被冷水浇透的小石头不禁发着抖，这符合了之前公主给出的公告，暗示了小石头已经失去了迎娶公主的资格，表现出了公主的聪慧。

语言描写

此为语言描写，通过国王对小石头的夸赞可以看出小石头的勇敢和无畏，他深得国王的宠爱，同时也呼应了上文大家对小石头的评价，从而加深了读者的印象。

头并没有达到公主的要求，这件事便只能不了了之。从那儿以后，小石头一家过上了幸福、美满的生活。小石头还经常到王宫拜见国王，国王每次见到他也都会夸赞他说："米西亚啊！我最勇猛的军事长官，你真的是什么都不怕，外表坚硬得像石头一样啊！"但是每次小石头听到国王这样的称赞时，他总会十分难为情，便很不好意思地对国王说道："我并不是什么都不怕啊，我害怕水！"

精简点评

本文主要讲述了勇敢无畏的米西亚最后败给了一罐冷水的故事。米西亚是人们公认的最勇敢的人，人们称他为"小石头"，他轻轻松松便通过了国王的考验，但就在他即将迎娶公主的时候，公主也给他出了一道考验题，一向勇敢的米西亚被聪慧的公主设计，败给了一罐冷水。虽然他并没有成功地娶到公主，但是受到了国王的赏识，这样的结局对他来说也是十分圆满的。作者通过这样一则故事告诉我们：一个人光拥有一颗勇敢的心是不够的，还需要有一个聪慧的大脑。

佳词美句

偷奸耍滑　一言不发　沉默不语　不可思议　风尘仆仆　目瞪口呆

他最常对人们说的话就是："这个世界上没有我惧怕的事情，不管什么危险，都不能让我害怕。"

小石头被带过来后，国王上下打量着他，随即便对他说道："你今天晚上到王宫后面的那所破庙里睡上一觉，如果你能够平安回来，我就将我最珍爱的公主嫁给你。"

阅读思考

1.“小石头”这个外号的由来是什么?

2. 妖魔们见到小石头后发出了怎样的感叹?

3. 国王为什么要任命小石头为军事长官?

4. 为什么小石头没有娶到公主?

魔鬼的女儿

动作描写

这里是对女孩的动作描写，暗示了少女对小伙子感兴趣，为两人后来的感情发展做铺垫，同时也引起了读者的好奇心。

每次当街上有集市的时候，总会有一个小伙子在集市上卖盐。有一次集市的时候，魔鬼的女儿变身成一位端庄、美丽的少女来到了小伙子的摊位前，她递给了小伙子五枚金币，小伙子便称好同等价值的盐给了她。但是这位少女买完盐后并没有直接离开，反而一直站在原地，仔细打量着小伙子。小伙子一抬眼发现少女还没有离开，而且还一直盯着他看，便十分有礼地问她："小姐，我刚刚给您称的盐是不是不够啊？"少女听后，点了点头。小伙子见状，便又称了一些盐递给了少女，还将少女刚刚给他的五个钱币还给了她。少女不光拿到了盐，还没有花钱，便十分高兴地回了家。等到集市散后，辛苦了一天的小伙子回到了家，他将今天赚到的钱都拿了出来仔细清点。让他惊奇的事发生了，这些钱不但没有比过去少，反而还多了许多。这天晚上，小伙子心里总是惦记着这件事，在床上翻来覆去地睡不着。每当他一闭眼，今天买盐的那位姑娘就会出现在他眼前。他喃喃自语道："如果我可以娶到那位姑娘做妻子，该有多好啊！那肯定会是我一辈子中最幸福的一件事。"

名师解读

小伙子的钱财增多果然是因为那位姑娘，解释了上文，给人豁然开朗之感，突出了这位姑娘身份的特殊，同时也写出了两人对彼此的好感，暗示了两人后来的情感发展。

从那之后，只要一有集市，那位少女就一定会到小伙子那儿买盐，每次小伙子都会白送给少女一些盐。但是每次小伙子回家清点赚取的钱时，总会发现钱一次比一次多。就这样一直过了三年。

三年后的一天，少女又来到了小伙子的摊位前，只是少女这次来并不是为了买盐，而是一脸开心地对小伙子说：“我的爸爸妈妈听我说了你的事后，都称赞你的人品，他们想要见见你。”

小伙子听后，心中又惊又喜，他连忙将摊位上的东西收拾好，跟随着姑娘走了。在去姑娘家的路上，姑娘问小伙子：“你知道我的身份吗？”小伙子听后，笑着摇了摇头。姑娘便接着说：“我的父母是魔鬼，我是魔鬼的女儿，这样的话，你愿意娶我为妻吗？”小伙子在听到姑娘的话后，一点也没有感到惊讶或慌张，他将自己的双手合在胸前，态度恭敬地向姑娘鞠了一躬，然后诚恳地说：“我热烈地爱着你，并不在意你的身份是什么，我是真心想同你结成夫妻，以后，我也将永远忠实于你。”姑娘听后感动不已，她带着小伙子继续往前走去，他们来到了一座山前，他们的面前突然出现了一个黑漆漆的洞口。姑娘对小伙子说：“你现在把眼睛闭上，等我让你睁开的时候你再睁开。”小伙子一闭上眼，便觉得自己耳边有呼呼的风声，没过多久，他就感觉自己平稳地落在了地上。姑娘也随即对他说：“现在可以睁开眼睛了。”小伙子睁开眼，惊奇地发现他们正站在一座华丽的宫殿前。小伙子一直跟在姑娘身后朝着宫殿走去，最后来到了她的父母面前。小伙子连忙下跪，向姑娘的父母表示问候。姑娘的父母说：“年轻人，快快起来，不用多礼。每次集市的时候，你总是会送给我们很多礼物。但你也知道了，我们可是魔鬼，这样你还愿意娶我们的女儿吗？”小伙子听后，立刻回答说：“我当然愿意，而且在来的路上，我也已经向小姐表明了自己的态度。”姑娘的父母听后，接着说道：“既

名师解读

小伙子心中早就怀疑姑娘的身份，但是他却一直没有说，姑娘将自己的身份坦白后，小伙子也没有因此害怕，反而坚定地向姑娘表达了自己的心意，从而可以看出小伙子对姑娘的用情之深。

语言描写

此为语言描写，表现出魔鬼的真诚和直率，同时也可以看出小伙子和姑娘之前的交情之深。

然如此，那便按照你们自己的想法去做吧。”小伙子听后，激动不已，他赶忙向姑娘的父母说：“谢谢你们！”

姑娘的母亲在一旁说：“但是我们把女儿嫁给你是有条件的，你需要给我们送来彩礼，彩礼分别是三十匹布和十篮柯拉果。你能答应吗？”小伙子连忙回答：“当然，我答应！”姑娘的母亲听后满意地说：“那便好！你可以在星期五或者星期天的时候过来把我的女儿接回去。”

小伙子从姑娘的父母那里离开后，便立即回到家中，开始操办婚礼的事情。等到了星期五的前一天，小伙子就带着自己准备好的彩礼去拜见岳父岳母。岳父岳母对他说：“你现在先回去将房子收拾干净，好好做准备。”

小伙子一回到家，便开始了劳动，他连夜将房子收拾得干干净净，并且在屋内摆上了漂亮的家具，在床上铺上了发亮的新床单。等第二天一大早，小伙子又来到了岳父岳母家，要求将姑娘接回家。但是岳父岳母依然没有同意，对他说道：“年轻人，千万不要性急啊！你回家后应该再做些准备，比如在房前种上几棵象征着生机的树，摆上几罐可以供客人洗手的水，房间里摆上香喷喷的鲜花，等等。这样你回去再好好准备两天，等到了星期天的时候，你就可以把我们的女儿接走了。”小伙子面对岳父岳母的指点，心里十分高兴，他愉快地回到了自己的家中按岳父岳母所说，继续做准备。终于到了星期天，一大清早，当小伙子正准备去接新娘时，新娘却在一名女仆人的陪伴下，出现在了他家门口。新娘穿着一身粉红色的华美衣裳，拖着的长纱裙随风飘动，就好像是仙女下凡，美丽的容颜使得在场的所有人都看傻了眼。就这样，隆重

动作描写

此为动作描写，这里表现出小伙子对婚礼的重视，也突出了小伙子对姑娘深深的爱意，这段话推动了故事情节的发展。

外貌描写

这里运用了外貌描写，首先对姑娘的穿着做了细致的刻画，突显了她的衣着之美，后来又通过其他人见到姑娘时的反应，突出了姑娘的容貌之美。作者通过这样的方法，将姑娘的美貌淋漓尽致地表现了出来。

的结婚典礼开始了。这场不同寻常的婚礼一直持续了四天四夜，顿时成为全城最热闹的结婚典礼。

七天之后，新娘的父母又派人给他们送过来很多的财物、衣服和各种礼品，整整用十四匹马驮着送来的，另外还遣送来了一些仆人。小伙子一下子从一个普普通通的卖盐人变成了城里最富有的人。

一天夜里，有一个盗贼溜进了小伙子的家里，想要杀死小伙子，抢走财物。盗贼看见小伙子睡得正香，便举起刀要杀他。殊不知，新娘早就发现了盗贼，当盗贼手中的刀刚一落下的时候，新娘的嘴里就喷出了一道耀眼的火光，击落了盗贼手中的刀，盗贼也被打得在地上爬不起来。这时周围的邻居听见喊叫声都纷纷赶来。他们问小伙子："你妻子真的是妖怪吗？"小伙子听到后，便对大家说："我的夫人虽然是魔鬼的女儿，但他们并不是邪恶的、会伤人害人的魔鬼，他们已经过多年的修行变成人啦。"邻居们听后，便明白了，小伙子的话解除了大家心中的误会，于是邻居们开始纷纷向小伙子贺喜。

从那之后，小伙子还是像往常一样继续卖盐，而他的妻子则在家中勤劳地操持家务。他们夫妻两人非常恩爱，当他们得知谁的家中有困难的时候，就会主动帮助他，使周围的人都过着十分愉快、幸福的生活。

阅读笔记

语言描写

此为语言描写，小伙子并没有因为邻居们的问话而感到惊慌，反而十分坦诚地告诉了他们真相，顺便也为妻子做了解释，可以看出小伙子的真诚和直率，同时也表现了他对妻子的爱。

精简点评

本文主要讲述了善良、朴实的小伙子与魔鬼的女儿喜结良缘的故事。故事中的小伙子是一个真诚、率真、不贪恋钱财的人，而魔鬼的女儿也并非是邪恶之人，相反她同样是一个坦诚、善良的人。在两人成亲前，作者用大量的笔墨描写了姑娘的父母对小伙子的考验，他们并没有轻易将女儿嫁给他，而是对小伙子进行了多次考验。通过这里的描写，我们可以看出姑娘的父母对她深深的爱，也可以看出小伙子的真诚和朴实。这个故事告诉我们：只有真诚地对待他人，他人才会真诚地待你。

佳词美句

恭敬　黑漆漆　香喷喷　翻来覆去　喃喃自语　干干净净　普普通通

有一次集市的时候，魔鬼的女儿变身成一位端庄、美丽的少女来到了小伙子的摊位前，她递给了小伙子五枚金币，小伙子便称好同等价值的盐给了她。

从那之后，只要一有集市，那位少女就一定会来小伙子那儿买盐，每次小伙子都会白送给少女一些盐。但是每次小伙子回家清点赚取的钱时，总会发现钱一次比一次多。

小伙子听后，心中又惊又喜，他连忙将摊位上的东西收拾好，跟随着姑娘走了。

小伙子一回到家，便开始了劳动，他连夜将房子收拾得干干净净，并且在屋内摆上了漂亮的家具，在床上铺上了发亮的新床单。

阅读思考

1. 少女的真实身份是什么？
2. 小伙子清点钱的时候，钱为什么会越来越多？
3. 姑娘的父母为什么一开始没有将女儿交给小伙子？

比魔鬼厉害的老太太

一天早上魔鬼比利安静地坐在一条街的拐角处，默默地看着对面生意兴隆的绸缎庄。这个时候不知道从哪里出来了一位干瘪的老太太，她步履维艰地走过来，问他为什么闷闷不乐。

魔鬼比利说："我曾经破坏过很多幸福的家庭，成功地挑拨离间很多人之间的关系。可是我用尽了各种办法都无法破坏这家店的老板和他妻子之间的感情，他们这么多年以来，感情依然如初恋般甜蜜，夫妻之间恩爱如初，对此我有一种深深的挫败感。"老太太轻蔑地笑了笑说："那是你对人心还没有彻底领悟。今天晚上你再来，我来教你该怎样做，你好好看着吧，比利。"说完，老太太就转身回家了。

语言描写

此为语言描写，连魔鬼都无法拆散的感情，这个老太太会怎样做呢？文章在此设下悬念，为下文做铺垫。

第二天，老太太变化成了一个有钱人家的阔太太。然后，走到对面买卖兴隆的绸缎庄。店主定眼一看，这是位有钱有势的太太，于是赶紧上前迎接。她派头十足地接过他为她点着的烟，慢腾腾地往后一靠，就要店主把店里最好的绸缎拿来给她看。店主赶紧从货架上抽出几捆最上等的绸缎，摆在她的面前。老太太翻来覆去地审视了一遍装出难以选择的样子，她请店主给她拿主意。

阅读笔记

店主巴不得讨好她，询问她是给什么人做衣服，多大年纪的，喜欢什么颜色的，等等，很多问题。老太太说："实话对你说了吧，我是为了一个我根本不认识的已婚女人买的，我的儿子爱她爱得都要发疯了，真叫我苦恼，这是我儿子要我为她挑选的。”然后，她以忧郁的眼神看着店主，轻轻地叹了口气：“你想，当我看到我唯一的儿子把青春和金钱都挥霍在一个已婚女人的身上，我的心有多么悲痛！其实，他完全可以在各地的名门闺秀中找一位妻子，也好使我安享晚年。”店主不断地安慰她。最后，他终于帮助老太太拿定了主意，剪了一块最好的绸子。他把绸子叠起来，当他转过身去拿包装纸时，老太太偷偷地把点着的香烟挨近料子，就这样有好几层都烧了窟窿。接着，她装出惊慌的样子将火焰灭；同时，为自己不可原谅的粗心大意，一再表示歉意，并把此归咎于心情不好。店主更加同情她了，并慷慨地提出给她换一块同样大小的绸子。但老太太执意不肯，她说烧坏的地方聪明的裁缝是会设法避开的。店主就帮她把绸子包好，送她离开了绸布店。等拐了一个弯后，这个老太太就去了店主的家里。出来开门的是店主的妻子。

动作描写

此为动作描写，老太太在绸缎上留下标记是为了更好地执行下一步计划，这表明老太太的心思缜密、计划周详。

“早上好，夫人。”老太太和蔼可亲地说，“我今天着急出门办事，没有吃饭，又走了很长一段路，现在有点头晕，不知道能不能给我碗水喝。”

“当然啦，大娘！”她连忙回答，“快进来吧！好好地休息一会儿。”店主的妻子把老太太领到客厅，老太太趁店主的妻子去给她端水的时候，悄悄把包着绸子的包放在自己身旁的沙发上，并用靠垫把这包绸子挡住。老太太喝完水，与女主人寒暄了几句以后，她就起身告辞。

名师解读

老太太从店里出来后，又来到店主家里，和店主的妻子交谈，留下被烧坏的绸缎，可以看出，老太太使用了连环计，分别针对这对夫妻，让丈夫对妻子产生怀疑，从而达到离间的目的，可以看出老太太的聪明。

傍晚，店主从铺子回家后，发现了那个包，便问妻子去哪儿买什么东西了，妻子却说一天都没离开过家。店主又问：“那么来客人了吗？”“没有。”她说。然后又急忙补充说："哦，对，有一个老太太来敲门要水喝，并在这里歇了一会儿。"后来，店主打开了那个包，当他看到包里的东西时，一种不祥之兆出现在他的脑海里：他的妻子对他不忠诚。"伟大的真主啊，原来那个老太太的儿子爱得快要发疯的人就是我的妻子！"他心里妒忌和悲愤交加，跑到厨房，二话没说，抓住妻子就狠狠地揍了一顿。最后，他又气急败坏地把所能拿到的东西乱砸了一通，闹得鸡飞狗跳。邻居和过路的人都在房子外面围观，以为店主今天忽然精神失常了。

名师解读

当证据摆在丈夫的面前，再加上老太太所说的话，丈夫自然对妻子产生怀疑，从而引发了夫妻间的矛盾。这告诉了我们人与人之间应该相互信任，这样才不会被离间。

"喂！"站在魔鬼比利身边的干瘪老太太说，她正在马路对面观看着她所制造的这场悲剧，"你认为我的成就如何？""好极了！"比利痛快地大笑着，对着老太太伸出了大拇指。"太精彩了，你的狡猾在我之上，佩服啊！"老太太说："你信不信我可以用很短的时间让他们俩和好如初？"比利嘲笑道："这不可能。如果你能做到，我就永远消失。"

"那么，看我的吧！"老太太对他扫视了一下，"在明天中午之前准备把你刚才说的话收回去吧！"说完，她一转身又回家去了。

第二天早晨，她又把自己打扮成前天那个阔太太的样子，安详地走进了那个生意兴隆的绸布店。她走到店主面前，温和地说："你好，我的孩子。昨天，我从你这儿买的绸布看来没有好运。开头，我不小心用烟头烧了几个窟窿，后来，我又把它忘在了一家人客厅的沙发上。我儿子对我大发雷霆。"店主听到这话，立刻明白了是他错怪了妻子，赶紧回家赔礼道歉去了。他的妻子非常爱他，自然乐意原谅他，他们俩和好如初了。

语言描写

此为语言描写，对于解决误会最好的办法就是消除误会。

魔鬼比利看到这幸福的情景，心中嫉妒得要命，他的一切阴谋诡计全部破产了。他看到那个干瘪的老太太快步向他走过来，他不想食言，立即收起头上的双角，化作精灵，钻进了最深的地下去了。

精简点评

这个故事讲述了关于信任与感情之间的关系，有一种连魔鬼都无法破坏的感情却被一个老太太轻易破坏了，这说明感情就怕双方彼此产生怀疑，有了隔阂以后双方慢慢地就会疏远对方。距离远了，感情就会越来越淡。要想让双方重新和好，办法只有一个，那就是消除双方心中的怀疑，化解双方心中对彼此的不满。这就是文中老太太掌控这对夫妻感情的办法，她也看得出，这对夫妻之间一直存在着一种世上最珍贵的东西，那就是爱，所以她才有信心在魔鬼面前去展示自己的本事。

佳词美句

生意兴隆　步履维艰　派头十足　粗心大意

他们这么多年以来，感情依然如初恋般甜蜜，夫妻之间恩爱如初，对此我有一种深深的挫败感。

当我看到我唯一的儿子把青春和金钱都挥霍在一个已婚女人的身上，我的心有多么悲痛！

我可以用很短的时间让他们俩和好如初。

阅读思考

1. 为什么魔鬼解决不了的事情，一个老太太就解决了？
2. 老太太用的是什么办法让丈夫对妻子产生怀疑的？
3. 为什么他们之间有了矛盾还能和好如初？
4. 通过这篇文章，你得出了一个什么道理？

王子和野兔先生

很久以前，在南非大地上，有个叫波比的王子出生时，他的父亲，也就是这个国家的国王，召集全国有名的巫师来为自己的儿子占星算命。所有巫师来到现场都穿着华丽的盛装——用五颜六色的羽毛编织的短裙，蛇皮护胸，戴着牛角的面罩，佩戴彩色珠子的金属项圈。巫师的前面有随从鸣锣开道，场景宏伟壮观。

所有巫师围在刚出生的王子周围，仔细观察着王子的面相，嘴里嘀咕着莫名的话。他们围坐在王宫的中央，各自推算着，并且窃窃私语地商量着，一会儿点头，一会儿摇头。“怎么样？王子的星占图有没有问题？”国王焦急且惶惶不安地询问。“从王子的星占图像上看，这个孩子的未来将一片光明，他会是一个勇敢的战士，更会是一个英明的君主。当他发动战争的时候，四方部落都会听他的指挥。他将拥有像尼日尔河的波涛一样多的牛群和能够住满一百个村庄那样多的俘虏。他将平安度过一生，在死亡的时候会有一个盛大的葬礼——他的众多妻子和上千奴隶会为他陪葬。他会给自己的儿子留下一个强盛繁荣的王国。”年纪最大的巫师这样回答国王。“妙啊！”国王大声喊叫，“这是王子最美好的未来！”

“但是……”老巫师欲言又止。“怎么了，还有不好的事情发生吗？”国王皱着眉头问。老巫师和其他人互相看了看，好像在确认着什么，一同冲着国王点了点头。

“说啊！”国王大声喊，“这么美好的未来后面有什

阅读笔记

夸张

这里运用夸张的修辞手法，生动形象地描写了王子光明的未来，使场面更加生动形象，让人浮想联翩。

么不祥的事情发生？""有些……"老巫师伸直了身子说，"这一切都显示在沙地上。在外面每个人的星占图上都会有一条细线。这条细线穿过了代表王子兴盛时期的地方。国王，您看，在我脚下的沙土上您看见什么了吗？""我看见了，"国王弯下腰来，仔细观察脚下的图像说，"我看见好多的圈，还有一个三角形和两条线，其中一条线好像是第一个圈的支柱……"

举例子

这里运用举例的手法，用简单的图形来解释星占烦琐的演变，具有一种代入感，相信真的会有事情发生，也为下文野兔先生的出现埋下了伏笔。

"您在这条线上什么也没注意到吗？"

"没有。"

"但确实是有些东西：这粒沙子比别的沙子都大，当我占星的时候，它在这条线的开端……"

"那代表了什么？"国王反问道。

"国王，这意味着，"老巫师说，"您的儿子的光辉前途可能会被外面袭来的危险替换掉。也就是王子的未来充满了未知的危险。"

"这是一种怎样的危险呢？"国王十分恐慌地问。

"谁知道?!"老巫师用一种神秘的声调说，"卦象上没有显示危险的来源是什么，是人或是野兽，这都有可能。不过现在还有时间，当王子在我们的保卫下安然无恙的时候，我们还可再另做一次占星，以便知道用什么方法可以消除这一危险。"

对话描写

此为对话描写，对于未知的危险，巫师们也无法预测，可以看出迷信都是虚无缥缈的，没有真实的依据，也十分唯心。

巫师们站了起来，用脚尖把沙土上的第一批图形抹掉。然后他们又坐了下来，每一个巫师都仿效年纪最长的巫师，在自己的面前画了一个圈。

"答案出来了。"老巫师给国王指着几何图形说。

"这个圈代表您关闭幼年时期王子的房屋。您可以

请一位乳母陪伴他直到他满五岁，然后他将在我们的保卫下独自生活，谁也不能与他接触，除非另一次占星告诉我们威胁他的危险已经消除。我只是在传达命运女神的话。”

语言描写

此为语言描写，介绍了对王子的处理方法，聪明的巫师借神的口将这种办法说了出来，增加了可信度，说明巫师的心思缜密。

所有巫师都低下了头，表示老巫师所说的意见也就是他们的想法。

“既然如此，”国王顺从他说，“我马上叫人盖一间房屋，作为关闭我儿子的地方，请你们每个人轮流守卫。没有任何人比你们更能胜任岗哨的职务了。你们要用生命来向我保证王子的安全。食物将从一个小窗口递进去，担任守卫的巫师要在王子吃饭之前先尝一口。既然是命运女神的要求，那么就只好这样去办了。”就这样，从第二天起，波比就被送进一间又高又坚固的房屋里，屋门被砌死了，他和乳母被关在里面。

在五年期间，小王子没有遭受孤独的痛苦。但是，当他满了五岁，乳母奉命离开小王子后，他感到无比的忧伤，因此在许多天里，他不愿吃任何食物。他整天躺在床上哭泣。在离这间房屋不远的地方玩耍的孩子们都听到了他的啜泣声，这使他们再也不为父母的贫穷和自己作为奴隶的处境而感到遗憾了。说真的，为了以后能度过危险，过上平安的生活，波比付出的代价也太大了。

名师解读

王子孤独的哭泣感染了外面的孩子，让他们得到了奇异的安慰，他们复杂的情绪就此消失了。高贵的王子是孤独的，他失去了自由。可以看出王子为以后的平安而付出了巨大的代价。

但是，有一天，哭声停止了。“他已经习惯于他的命运了吧?!”人们想。事情并非如此，这只不过是因为他有了一个伙伴。确实，就在小王子哭得最伤心的时候，有一种声音传进他的耳里。波比没有停止哭泣，他从床上坐起来，眼睛盯着发出声音的地方。这声音来自地下，好像是来自干燥的泥墙的墙根。这是一种断断续续的、隐隐约约的抓扒的声音，有时急速，有时缓慢。波比热切地注视着，无比期望能够看见他的好乳母突然从地下钻出来。但是，这不能是她，因为她离开时曾对他说："这是国王的命令！""既然不是乳母，那么是谁在那里呢？"王子一边哭泣，一边思考着。

嚓！嚓！嚓！……现在声音已经十分近了。

突然，一个狭小、淡褐色的东西出现在沙土上，摆动着。"是一条蛇！"波比一面喊，一面站起身来往前跳了一步。他是一个勇敢的孩子，他想起了乳母的忠告，拿起一根木棍，跑向那个淡褐色的东西。只见从沙土里一点点地伸出了一张白色的、圆圆的脸，两个大眼睛和两只长耳朵。最后，一个灵活的身躯从洞里跳出来了。他就是被称为非洲传奇、足智多谋的常胜英雄——野兔先生。

小王子虽然没有亲眼见过荒野树林、飞禽走兽，可是他的乳母给他反反复复地讲过许多故事，这些故事的主人公都是神奇、灵敏的野兽，因此他马上就认出来了。

"野兔先生！"他喊道，高兴地拍着双手。

"是我，亲爱的小王子。"野兔先生向小王子点点头，"我很愿意来拜访你，因为你在这里没有什么好玩的。"野兔先生一边环顾周围，一边又说，"太阳都没有权力射进来照到你的身上，因此我比太阳还强大，因为我已经来到这里。"于是野兔先生带着骄傲的神情开始捋他的小胡子。

"哦！我亲爱的小野兔先生，"波比一面嚷，一面亲热地抚摸他新朋友的光滑的头，同时帮他掸掉身上的泥土

名师解读

王子看着眼前发生的事，在心中不断地做出判断，他渴望有人陪伴自己，同时保持着思考，表现出王子是个善于思考、感情丰富的人。

拟人

这里运用拟人的手法，生动细腻地刻画了一个如同人类的小兔子先生的形象，它有着人类的思维和人类的表情。

语言描写

此为语言描写，王子对于出现的野兔先生感到喜悦的同时又在劝他赶紧离开，说明王子是个善良单纯的人，不愿意陌生人因为自己而受害。

和沙子，“你多好啊，来这里看我！可是你知不知道这是被禁止的呢？如果人们发现你在这里，他们就要杀死你。我对你满怀友情，我宁愿永远孤独地待在这里，也不愿意看见你被处死。”“请放心，”野兔先生非常自信地说，“我总有办法摆脱困境，我谁也不怕。”“连国王也不怕？”波比惊讶地问。

“什么国王？大自然里有很多的国王。有河马，他是湖泊之王；有大象，他是森林之王；有鳄鱼，他是江河之王；还有狮子，他是丛林之王。”野兔先生一脸疑问地看着小王子说。“我想说的是我们这个地方的国王，也就是我的父亲。”“哦！”野兔先生平静地说，“我一点也不担心，我不怕他。他的狗群比他更可怕，他们跑得快得多，只要一想起他们的獠牙就足以使人发抖。”“对，是这样。如果有一条狗发现你挖到这里来的地洞怎么办呢？他们肯定是在这个屋子的四周转来转去，因为我有时会听到他们的狂吠声。”

语言描写

此为语言描写，表现了野兔先生的谨慎小心，出于安全的角度，他选择了不同的逃生路线，这推动了故事情节的发展。

“没有危险。我把这条地道的入口挖在离这里很远的一堆荆棘丛中，那里是我常常躲藏的地方，没有人敢接近那儿，因为那儿布满了刺。但我自己轻易就能钻进去。尽管如此，我还是应当另找一条可走的路，因为人们也可能不惜冒生命危险去那里搜索我。你放心，招待我吃饭吧！我看见那里有一盘极美味的饭。正好可以让我改善一下这些天来吃得不大好的伙食。”“你这些天都没好好吃饭吗？”波比问。于是他邀请客人一起到饭桌前就座，桌上的饭菜是一小时前人们给他从小窗口递进来的。“我在丛林里的日子不好过，”野兔先生摇着头说，“这说来话长，但你只要知道，不管他自称狮王或是象王，我野兔都能毫不畏惧地跟他开开玩笑。不过，也应当给他们压制怒火的时间，因此我就决定到你这里来隐居了。这样，我们可以互相帮忙，我可以平安脱险，你也可以不孤独了。”波比热烈地欢迎野兔先生，他们开始快活地吃饭。当然，王子没有忘记他的好乳母，但是，得到这样一位新伙伴的快乐驱散了他心里的一切悲伤。

名师解读

王子有了新的朋友，心里也不会忘记陪伴他的乳母，说明王子是个重情义、心思细腻的人。

吃完饭以后，他用自己的被子和毯子为他的朋友铺了一张小床，他把小床安置在窗下，这样，就是从狭窄的窗口朝里看一眼也发现不了屋子里的新客人。

他对野兔先生说：“国王的命令这样严厉，甚至守卫我的人都害怕看我一眼。

当我的好乳母在这里的时候，我们常常为此感到悲伤，但是今天，我却对这些严峻的命令感到满意了，因为这可以让你在这间屋子里随意走动。”

野兔先生上床了，他把两只耳朵压在后面，把脸放在两只前爪中间，准备好好睡一觉，以便恢复他挖地道的疲劳。波比的眼睛里闪烁着喜悦的光辉，他守护在已入睡的客人的身边。

这样过去了好几个月，两个朋友也愈来愈要好。他们几小时、几小时地玩赛跑，还比赛谁跳得轻快。这些运动使他们保持着旺盛的精力。然后野兔先生就坐在小王子的面前，给他讲述森林里和平原上的一切故事。他把禽兽、植物和大自然的力量描绘得栩栩如生，使波比长了不少见识，这样当他走出禁闭室的时候，他就不再是一个无知的人，也不会是一个胆小的猎人。野兔先生还给小王子讲述生物的特性和植物的作用。在听了这样一位老师讲了一年的课之后，波比就能无忧无虑地在丛林里生活了。

名师解读

野兔先生不仅给王子带来喜悦，同时在陪伴他的过程中，还给王子讲一些故事，丰富王子的视野。野兔先生既是王子的老师，也是一个陪伴王子的朋友。

“鬣狗是一种既凶狠又愚蠢的动物，”野兔先生说，“绝对不要信任他，能杀死他的时候就杀死他。说他们愚蠢，是因为简单到一眼就识破的谎言他们都可以信以为真。”于是，有一天……野兔先生开始讲述他与那傲慢的敌人——鬣狗之间的许多冲突的故事。他注意在每个故事之后都加上一段从故事中引申出来、对孩子们有普遍教育意义的教训，比如说有些人就像鬣狗一样坏，而有些人则像大象一样勤劳等。通过了解这些野兽的行为与活动，波比学习如何认识人类和如何能够真正成为一个无

名师解读

野兔先生在和王子交流的过程中，说出了很多带有指导意义的话，野兔先生讲故事，不仅可以为王子打发时间，而且可以让王子从这些故事中汲取知识，形成自己的人生观。

愧的指挥者。

这样快乐的生活一直持续了三年。有一天，小王子听了野兔先生讲的一个有趣故事之后哈哈大笑起来，这笑声被一个负责守卫的巫师听见了。

从禁闭者那里发出戏谑的笑声，这使巫师很吃惊，他把耳朵贴在小窗子上仔细听，听到了两个人的谈话，气氛还特别活跃。虽然他对他们的谈话丝毫没听懂，却立即惊慌地跑到国王那里去，把刚才无意中听到的谈话向国王做了汇报。

叙述

这里描写了巫师偷听并告密的经过，为下文故事的发展做了一个铺垫。

国王马上赶到禁闭室，证明巫师的汇报属实之后，他下令打破禁闭室已被堵死多年的门。门很快就被斧头砍开了，但在室内只看到小王子一个人，他吃惊而又不相信地问道："刚才谁和你在一起？"国王生气地问。波比不回答。国王又问了一遍，得到的仍然是同样的缄默，国王知道小王子什么也不会说，什么也不会招认的。"好吧，"他终于说，"把房子拆了，检查一下墙壁和地下，把我的儿子带回我的身边来，我自己看管他。"国王的命令被执行了，波比哭着离开了禁闭室。由于有了他的朋友，他在那里曾经是这样快乐。当门被斧子砍第一下的时候，他的朋友就急速冲进了地道，现在一想到他的朋友万一被抓住并被杀死，他就担战心惊。

阅读笔记

但是，墙推倒了，地也挖了，只发现了地道的入口。把狗放进狭窄的地道也是徒劳，因为野兔先生很细心，一边逃跑一边就用土把身后的洞填平了。当国王知道禁闭室的地下有个洞，洞的出口无人知道时，他把巫师们召来，厉声对他们说道："你们看，我们面对着的这个不知

语言描写

此为语言描写，国王在面对关于王子遇到危险的这件事上，询问巫师的意见，这表明国王对巫师的重视。

道是个什么样的敌人，我把它叫作敌人，是因为它竟敢违抗我的命令，大胆地想危害王子的性命，不过我也应当承认它的行动似乎是无害的。它是谁？我应当怎样处理它呢？”

巫师们互相传递着眼神，年纪最大的巫师回答说：“不服从国王命令的罪犯应当被判处死刑；至于要知道是什么样的生物进入了这间禁闭室，我可以果断地说，这不是一个人，而是一个动物。地道很窄，一个小孩也是不可能钻进来的。”

语言描写

此为语言描写，表现出国王尊重生命、爱好和平、信奉万物平等的一面。

“这么说我们面临的敌人可能是一种动物了！”正在想得出神的国王说，“这使我感到不安，因为我们与森林里和平原上的动物一直和平相处。如果我们搜捕，可能会随时杀掉这一个或那一个，那我们就要冒着触怒所有动物的危险，而罪犯却不一定会被消灭。”“应当施点计谋，”老巫师回答说，“举办一次盛宴，把所有的动物都请来赴宴。宴会后，把王子请来，嘱咐他在那个拜访他的客人面前放一块小石头。”“可是我的儿子，如果知道罪犯将面临什么样的命运，一定会拒绝把他指出来。”“不会的，假如您对他说，您想认识他的朋友，想赐给他荣誉和礼品。”“这是一个办法，”国王说，“从明天起照这么办。”

细节描写

这说明这场宴会的规模很大，准备充分，展示了国家的实力的同时，也表示了人与动物之间融洽、和谐的关系。

国王下令准备一个盛大的宴会。为了准备这个宴会，杀了几百头牛，把粮仓里所有最可口的谷物统统拿了出来。也没有忘记香蕉、椰子仁和红枣，还准备了一些最特殊口味的食品。这时候，国王的差役们四处传布消息：为了庆祝王子的解放，国王将举行盛大宴会，宴请动物界所有的国王们和他们的臣民来做客。野兽成群地赶来了。他们不愿意放过这样一个能够饱餐一顿，而又不会遭到意外危险的机会。他们居住的山洞和岩穴都空了。野兔先生不是最后到达的一个，他想好好品尝一下这顿丰盛的饭菜。加上看到波比受到他父亲的重视并获得了自由，他感到非常高兴。但是，在听到坐在他旁边、正在贪婪地啃着极美味的玉米粒的两只小鼠的对话之后，他的兴奋骤然消失了。“我希望，”一只小鼠说，“小王子不要心血来潮，把小石头扔在我的前面。我非常珍惜我的生命，特别是今天。”“放心吧！”另一只说，“他肯定会一直走到他的朋友面前。可怜的王子肯定没有料到，他这样做将使那爱他的朋友被处以死刑。”野兔先生竖起长耳朵听他们对话，他问第一只小鼠：“你说的是什么，什么小石头？”“哦！”小鼠说，“我愿意详细告诉你这件事，我想这对你有好处。这是昨天我在皇宫屋顶上啃一根房梁时听到的。”

小鼠把巫师们的主意告诉了野兔先生。“哦！”野兔先生说，“人们自以为聪明，可是我将在仪式之前离开这里。”

“不可能了，”小鼠说，“我们的四周有狗站岗，如果你离开这里，恰好说明你是罪犯。”“真的，”野兔先生承认，“我要是卷进这件事是很糟糕的，这位国王比鬣狗还狡猾。我应当谨慎行事。”这时，鼓声宣布宴会结束，国王的差役走到野兽面前要求他们排成两行，以便让小王子能够对他们应邀前来做客表示感谢。饱餐了一顿的野兽们，按照差役的要求，很快地排成两行。波比手里拿着

阅读笔记

对话描写

此为对话描写，表明了动物们之间的关系很融洽，也都很爱好和平。

语言描写

此为语言描写，凸显了国王的狡猾和野兔先生的小心谨慎。

名师解读

国王的士兵时刻关注王子的动作，做好了准备工作，表明王子年轻而没有社会经验，无法揭开这场针对自己朋友的阴谋。

名师解读

这段话表现出野兔先生心中的不安和急躁，他害怕被王子发现。

阅读笔记

小石头，开始从两行中间通过。

他很高兴，因为他的父亲告诉他，如果他能够找到他的朋友，他就可以完全自由地去看他并与他一起度过所有的时光。因此他就在这些不同的毛皮动物中间，仔细地寻找野兔先生的淡褐色皮肤和有特点的耳朵。

他在一头橙黄与白色相间的小驴身边停了一下，这头小驴使他想起那熟悉的脑袋。国王的卫士们密切注视着小王子的动作，准备随时抓住被指出的野兽。野兔先生看见小王子朝他走来，开始紧张不安地扭动。他稍稍抬起他的脚爪，神经质地原地跳个不停。

“怎么了？”一只狍子说，“你为什么老是不停地动？真讨厌。”“这些蚂蚁更讨厌，”野兔先生说，“你的脚布满尖角，如果你的脚像我的一样，不断被这些蚂蚁咬，你也一定很不舒服。我受不了了，我应当换个地方。”就在波比相信认出了他的朋友并朝他走来的时候，他跑远了一点。

“啊！”小王子自言自语，“我弄错了。可是我好像确实看见了他。难道那里的不是他吗?!”他加快了脚步，当他快走到的时候，野兔先生看见他朝自己走来，一边极力抱怨蚂蚁咬，一边赶紧溜开了。“你们的皮肤确实不敏感，”他对身旁那些对他的紧张感到吃惊的伙伴说，“你们那里正好是在一个白蚂蚁窝上，白蚂蚁咬你们，你们居然没有感觉。我就不能忍受这种折磨，我要走了。”每次当小王子朝他走去的时候，野兔先生为了脱身而来回地走动，这些动作很快被国王和他的巫师们注意到了。“给他一块地毯，”国王皱着眉头说，“既然他抱怨黑蚂蚁和白蚂蚁，给他块地毯就不会有什么感觉了，也许他就能够安静了。”差役把地毯拿给野兔先生，并强迫他站在原地。

野兔先生把自己的身躯尽可能缩小，但是波比有一双好眼睛，他飞快地朝他的朋友跑去：“啊！”他一边把小石头扔到野兔先生面前一边说，“野兔先生，我终于找到你了，父亲答应我会给你许多的财富，想认识一下你。”

“唉！”野兔先生说，“可是我更相信他将把我交给他的狗！”

语言描写

此为语言描写，写出了被发现后的野兔先生认命的心态和胆小害怕的心理。

他还没有说完这句话，卫士和巫师们就抓住了他，并把被吓得半死不活的野兔先生，带到国王面前。

“是你啊，坏蛋！”国王说，“你好大的胆，插手我家的事情，你干扰了我的儿子——王子的星占。你准备受死吧！”

“国王，既然您一定要我死，我也很愿意死。”野兔先生说，一个突然的念头使他的眼睛发亮了，“可是，您别忘记我并不是唯一有罪的人，那些受您嘱托、保卫王子的巫师们比我更应该受到惩罚。我并没有答应过您什么，而他们曾许诺过您防止王子与任何人来往。如果把我处死刑，也完全应当把他们处死刑，这样才公道。”“对，”国王承认，“卫士们，把这些巫师也抓起来！”

尽管卫士们是服从这位至高无上君主的命令的，但他们还是犹豫了一下，因为他们觉得伸手去抓巫师是危险的，而且预示着灾难。年纪最大的巫师抓住这一刻犹豫的工夫，举起手来用一种从喉头发出的声音说：“国王，您还记得给波比王子占星时的详细情况吗？”

动作描写

此为动作描写，通过卫士的细微的动作，表明了神权在当时人们心中的地位，他们宁愿违抗君主的命令也不愿意抓这些巫师这个举动就是最好的证明。

对话描写

这解释了上面巫师说的另一次占星结果，正好可以用来解释他们的过错，表现了巫师的聪明、反应迅速。

阅读笔记

“记得……‘王子的乳母将陪伴他直到五岁，然后他将独自生活，谁也不能与他接触’……”“您说的还不完全，”老巫师匆匆说着，“还有‘除非另一次占星告诉我们威胁他的危险已经消除’。”“的确还有这样一句，”国王说，“但这句话也不能阻止你们被处死，因为另一次占星还没有做呢！”“您弄错了，”老巫师说，他的脸上泛起一阵别人难以觉察的红色，“我们昨天已经做了，就在王子被放出来的时候做的，是不是，兄弟们？”他对拥在他周围的巫师说。“是的，是的。”巫师们纷纷回答。

“你们怎么搞的，为什么事先不告诉我？”国王生气地问。

“因为，”老巫师用犹豫的声音说，“我们想让这次占星的结果，在向全部族和国王的客人们宣布的时候，能够引起极大的轰动。以此证明我们至高无上的君主的伟大和尊严，以及他的政权继承人将享有的极其美好的命运。国王，您愿意问问这位野兔先生，他与波比王子一起生活多少年了吗？”“说吧！”国王用缓和的语气问野兔先生，老巫师的恭维使他感到满意。“已经有三年了。”野兔先生说。

“三年了！”老巫师装模作样地嚷道，“三年了！这就是我们昨天占星时占出的确切年数。不是这样的吗，我的兄弟们?！”

“是真的，是真的……”巫师们都说。

“这次占星说了些什么？”国王大声问。

“其实从王子离开乳母的那天起，危险就已经解除了，而我和我的兄弟们一直在做着毫无意义的保卫工

对话描写

此为对话描写，这段对话证明了巫师们之间的默契，同时表现出国王的愚蠢。

作。王子被禁闭了这么久，完全有理由责怪我们。我可以毫不惧怕地向他献出我的头，因为死亡对那些懂得'生命'与'命运'的奥秘的人是不能起作用的，而且，"他转身朝着向后退去的卫士们又说道，"死亡只能伤害那些敢于举手打我们的人。""这样，"国王说，"如果我理解清楚了，那就是说，野兔先生和你们都是一点儿罪也没有的。""野兔先生的罪在于不服从国王。"老巫师用生硬的声音说。

"冷静点，冷静点！"野兔先生嚷道，"巫师先生，你这是在把我当借口，如果我的罪在于没有服从命令，那么你们的罪就是无知，从你们的职业来说，这是不可原谅的……""如果国王征求我的意见，"老巫师说，他懂得最好不要与野兔先生斗智，"我就建议他赦免所有人的错误，只想看到王子被解除监禁时的幸福。"

"我同意了，"国王说，"我不愿意把今天搞得很悲伤，就让野兔先生平安无事地远离此地吧！"

"国王，"野兔先生用恳求的口气对国王说，"您能允许我不离开波比小王子吗？"

国王犹豫了一下，老巫师欠身贴近国王的耳朵说了几句话。国王说道："好吧！野兔先生，如果你能答应我提出的三个条件，我就接受你的要求。你必须在六个月内给我送来两只大象牙、母野牛的奶和精灵的头发。如果你能把这些东西给我，你就可以留在小王子的身边并且会成为国家的重要人物之一。"小王子开始哭了，他觉得从野兔先生的身材和体力来看，他是不可能完成国王的这些要求的。但野兔先生用脚爪揩去了小王子的眼泪，

阅读笔记

语言描写

此为语言描写，这段话表现出了巫师懂得进退、见风使舵的性格特征。

他向国王鞠了一躬，一面注视着巫师一面用嘲笑的声调说：“回头见！”然后他就迅速地消失了。

动作、语言描写

此为动作描写和语言描写，表现出王子和野兔先生深厚的感情，野兔先生对巫师露出了轻蔑的表情，说明了野兔先生对完成任务的信心十足，这段话推动了故事情节的发展。

第二天，当象王正要带领他的象群去河边饮水的时候，看见野兔先生飞跑着来到林中，气喘吁吁、口齿不清地喊叫着。野兔先生停在象王面前，低下了头。“怎么了？是森林着火了吗？”象王好奇地问道。“啊！是您啊，象王父亲！”野兔先生假装如释重负的样子，大声嚷道，“碰到你们多好啊！而且恰好在你们还未下河之前！天神禁止你们今天去饮水。他派遣我来告诉你们，我很高兴我及时地赶到了，这样就救了你们的性命。”

“难道说天神对我们有什么误会吗？”象王一面仰望有一些云层流动的天空，一面恐惧地问，“我们没有犯过什么错啊！”

“不要问我天神发怒的原因。”野兔先生匆匆地说，“但是你看天上这些云层，你就知道天神确实发怒了。最简单的办法就是你们到天神那里去，恳求他饶恕你们。”“可是天神住得那么高。”象王继续注视着天空说。

“嗯！如果你们全体用身子一个搭一个，肯定能够到达天宫的大门。不要浪费时间，免得再次激怒天神，使得他好多天不许你们饮水。”野兔先生这样伶牙俐齿，象王终于被他说服了，他把整个象群都召唤了来，很快这些大象就一个骑一个地架成一座象梯。

名师解读

野兔先生运用自己的智慧骗取了象王的信任，通过借助神灵和天气的变化，将象王骗得团团转，显示出野兔先生思维敏捷、才智过人。

“你到达天上了吗？”野兔先生对最后一只大象大声喊，他看到这些象全部上当了。

“还没有。”“你听见了吗？象王父亲。”狡黠的野兔对支撑着群象的象王说，“你的儿子们还不够高大，你踏在这只龟身上吧，这样就可以使你们到达天宫了。”象王小心翼翼地把他的脚踏上乌龟的背，可是野兔先生偷偷推了乌龟一把，乌龟向前滑了一步，大象架成的金字塔摇晃了，全部坍倒在地上。很多大象的象牙折断了。“太好了！”野兔先生大声喊，“你们如愿以偿了！快去喝水吧！你们可以清楚地看到，天神已经原谅你们了。一会儿再收拾你们的长牙吧！不会再发生这样的事情了，他已经允许你们去喝水了。”口渴的象群大步奔向淙淙的水边。能够把天神突如其来的怒气平息下来，即使以美丽的象牙为代价，他们也感到很高兴。这时，野兔先生捡起两只最美丽的象牙，把它们藏到带刺的荆棘丛中。

“一件事办完了！”他一边说，一边搓搓脚爪。于是他又开始到处奔跑去寻找一头母野牛了。没有多久时间他就碰到了一头母野牛。野兔先生身上带了一块从附近蜂群那里夺来的蜜饼。“你好，野牛，”他说，“草又好又嫩吗？我今天还没尝过草呢，因为我运气好，从猴面包树上得到了这块蜜饼，你看猴面包树就在那里。”

“猴面包树上有蜂蜜吗？”母野牛说，“这真是从未见过的事！这是真蜂蜜吗？”

“你可以尝尝，”野兔先生说，“我并不自私。”母野牛伸出舌头舔了舔蜜饼。

“真好吃啊！”母野牛说。

“是真的？我太幸运了，发现这棵树上有蜂蜜。在树枝上有好多蜂蜜，只要用头撞树就能使蜂蜜掉下来。可惜的是，我的脑袋还不够结实，撞得不好，因此只得

阅读笔记

语言、动作描写

此为语言描写和动作描写，表现出了野兔先生完成任务后的喜悦，描写得十分细腻。

到了一小块。啊！如果我像你那么强壮有力，我能撞下多少蜜啊！”他一边朝远处走，一边高声叹气，并不时向母野牛瞥一眼。

动作描写

此为动作描写，野牛的行为表现出野牛的固执和巨大的力气。

母野牛思考了几分钟，就朝猴面包树走去，用头猛烈地撞树。但是她没看见从树上掉下什么来。

“应当撞得再厉害些！”她自言自语。她后退了几步，然后角朝前，猛烈地向猴面包树冲去。

野兔先生看准了母野牛的特点：母野牛的两只角插进了树干，因为用力太大，无论怎么拔也拔不出来。

野兔先生立刻捆住了她的腿，从她胀满乳汁的乳房把奶挤出来，这些事在一瞬间就干完了。因此，当撞青了前额的母野牛最后终于把角从树干上拔出来的时候，野兔先生已经走远了。“第二件事办完了！”野兔先生说，他把一满桶奶放进他的洞穴里。

语言描写

此为语言描写，在国王和人们的眼中很难完成的任务，被野兔先生轻易地完成了两项，突出了野兔先生出众的能力。

他一面休息，一面等待黄昏的来临，当月光掠过田野的时候，他来到一个当地所有“精灵”夜晚聚会的地方。

“晚上好，”他对他瞧见的第一个“精灵”说，“我祝你玩得愉快。可是你为什么要让头发留得这么长呢？你的头发比你的同伴们都长，使你不如他们精神。”“什么话？”“精灵”说，“我不信我的头发太长了。”“长得太长了！”野兔先生肯定地说，“不过既然你喜欢这么长的头发，也可能对你大有好处。但今晚如果你在聚会中走路摔了跤，这对你可不好，我得事先告诉你。”

语言描写

此为语言描写，通过野兔和精灵的对话，表现出野兔先生敏锐的观察力和对人心的准确把握。

野兔先生的话使这个“精灵”动摇了，他开始不安地注视着他的头发。“你愿意剪头发吗？”野兔先生问他，“我自愿为你服务。能使你今晚在聚会上让大家大吃一惊。”“精灵”向野兔先生道谢，并让这位临时理发师给他剪发，愿意剪多短就多短。

“我替你把头发扔到丛林里去，这样你就省事了。”野兔先生剪完头发后说，“就这样吧，反正我要经过丛林的。我非常高兴我来得正是时候，帮你剪掉了这么长、这么浓密的长发。你没有头发是多么漂亮啊！”野兔先生紧紧抱住他的战利品，匆匆跑走了。

第二天大清早，他把两只大象牙、一桶母野牛的奶和精灵的一绺头发放在国王的脚下。

“请看，”他说，“这些是您要求我找的东西。现在该轮到我了，您能允许我向您要一件赠品吗？”“可以。”国王说，“因为你既能干又勇敢，我对你十分重视。”“好。那么，把这位巫师从您的王国清除掉吧，他既不懂事情又不通人性。”

> **语言描写** 此为语言描写，通过野兔先生的口，让我们对巫师有了进一步的了解，说明巫师的作用可能会影响到国家的未来。

“你可以得到他的头，我允许你。”国王说。

“我要这个干什么？”野兔先生用厌恶的神情说，“我不是腐烂肌肉的业余爱好者。只要把他赶出村子就行了。会有鬣狗帮助部族摆脱他的。”

> **语言描写** 这里通过对野兔先生的语言描写，表现出他善良的性格特征。

这个故事是不是真实的无从查证，这是先辈们口口相传下来的。

精简点评

这个故事讲述了孤独的王子在野兔先生的陪伴下度过了快乐的三年时间，在陪伴王子的同时，野兔先生传授给王子很多道理和知识，他们的关系越来越密切。后来野兔先生为国王做了三件不可能完成的事证明了他留在王子身边的价值。这个故事告诉我们：在面对困难的时候，我们要学会多动脑筋，充分发挥自己的智慧。野兔先生身上有着人类被忽略的善良、聪明、机智、忠诚等优秀的品质，这些都是我们需要具备的。我们要做一个比野兔先生更强大的人。

佳词美句

宏伟壮观　惶惶不安　安然无恙　隐隐约约　足智多谋

毫不犹豫　栩栩如生　心血来潮　如释重负

用五颜六色的羽毛编织的短裙，蛇皮护胸，戴着牛角的面罩，佩戴彩色珠子的金属项圈。

这是一种断断续续的、隐隐约约的抓扒的声音，有时急速，有时缓慢。

只见从沙土里一点点地伸出了一张白色的、圆圆的脸，两个大眼睛和两只长耳朵。

有河马，他是湖泊之王；有大象，他是森林之王；有鳄鱼，他是江河之王；还有狮子，他是丛林之王。

阅读思考

1. 野兔先生是用什么方法教导王子的？
2. 野兔先生是怎样完成国王交代的任务的？
3. 从野兔先生的身上，你学到了哪些优秀的品格？

读 后 感

（一）

高尔基曾说："书籍是人类进步的阶梯。"刚刚读完《非洲民间故事》的我，对这句话更是深有同感。

《非洲民间故事》是从非洲民间收集来的故事。每一个简单的故事中都蕴含着深刻的哲理。它们有的讲的是人与人之间的故事，有的讲的是人与动物之间的故事，还有的讲的是动物与动物之间的故事。这些故事有的充满了平凡生活的温馨与宁静，有的充满了浪漫的童话色彩，有的则充满了奇幻的神话色彩。只有当你真正将这本书读完的时候，你才能了解这本书为什么会如此受欢迎。

《非洲民间故事》中的所有故事，都具有口头传播的特点，即语言朴实、情节生动、画面感强、行文幽默。读来常常让人忍俊不禁，最重要的是，这种"寓教于乐"的方式，更能让人受到启发和教育。

让我印象最深刻的一篇故事是《法官选亲》，文中的大法官给了两个法官相同的考验——让他们用三个月的时间指导自己的儿子做婚前准备，其中一位法官对自己的儿子说，要去准备一栋漂亮、结实的房子，而另一位法官却要求自己的儿子用这三个月的时间提升自己的内在修养，让他去游学。表面看来两位法官的决定各有千秋，一时分辨不出哪个更好。但是最后经过大法官的剖析，两位法官的境界便立见高下。房子虽然实用，但并不是坚不可摧的；唯有一个人的精神、眼界和心胸才是无法摧毁的，它们才是支撑人们渡过难关的力量，是世上最坚固的东西。通过这篇故事，我也懂得了精神境界的重要性，它是人之根本，决定了人们未来的人生走向。

诸如此类的故事还有很多，《非洲民间故事》这本书，不仅仅教会了我们许多做人的道理，还能提醒我们经常自省，就像曾子所说："吾日三省吾身：为人谋而不忠乎？与朋友交而不信乎？传不习乎？"只有懂得自省，我们才能获得真正的进步。

（二）

初次听到《非洲民间故事》，还以为这只是一些文辞浅显的小故事，当我真正读完后，才发现这本书的博大精深。它是由在民间广为流传的、各具特色的小故事组成的，其中还融入了丰富的地理知识、历史文化、民族风俗等内容，用最"平易近人"的文字，将非洲人民的生活状态、民俗文化等娓娓道来。

非洲的民间故事明显与我们接触的其他的民间故事不同，它有大量的故事是以动物为主角，然后将人的性格特点赋予到各种动物身上，以此更为生动、深刻地隐喻生活中的人、事、物。每一篇故事又都会宣扬同一个宗旨，那便是"善有善报，恶有恶报"。

比如《鳄鱼和猎人》中，自私自利、恩将仇报的鳄鱼，最终落得被绑着丢弃在河边，再也没有人去救它的下场；再比如《兔子和野兽》中好逸恶劳的兔子，因为偷取大家的井水，最终被抓，还落得个被捆起来扔到太阳下暴晒的下场。这些故事切入的角度虽然独特，但是所传达出来的道理又和其他的民间故事殊途同归。

我在读《非洲民间故事》这本书的时候，会不由得分析起每一个人物和他的动作，并且沉浸在这些故事之中。这是我读其他书所没有的感觉。这本书不仅将每一个人物塑造得栩栩如生，还教会了我们许多做人的道理，给了我们战胜困难和邪恶的力量，帮助了我们树立起乐观向上的人生态度，实在是让我们受益匪浅。

考点透视一

一、填空题

1. 三名法官都非常的__________，他们__________地为人民服务，从而帮大家解决了__________。

2. 在大法官心里，房子虽然看起来很______________，但是它抵不住__________，也挡不住____________，更经不住__________。而一个人的__________、__________、__________和结交的朋友才是更重要的。

二、问答题

1.《吃人的怪物和勇敢的孩子》中，男孩为什么被大家推举为国王？

____

____

2.《阿基尼法斯村的英雄》中，阿基尼法斯村的村民们有一个什么相同点？谁是例外？

____

____

3.《鳄鱼和猎人》中，鳄鱼的结局是什么？

____

____

考点透视二

一、填空题

1. 动物中嗅觉最灵敏的动物是____________，他能够根据不同的____________来____________食物。

2. 狗由于太过__________，因此一直没有学会__________。

3. 鬣狗拒绝兔子的交友请求，是因为只有__________、__________的人才能做他的朋友。

4. 兔子和鬣狗虽然成了朋友，但是因为彼此__________，最终结束了这段友谊。

5. 野兽们挖好了井后，__________说要来偷井水，于是__________、____________、__________分别承担了守夜的任务，最终____________将他抓到了。

二、问答题

1.《披着狮毛的兔子》中，兔子为什么想要狮子的皮毛？你是从哪里看出来的？

____

____

2.《披着狮毛的兔子》中，兔子为何能一直获得成功，并且每次都能全身而退？

____

3.《坏心眼的大蟒》中，大蟒为什么会受到惩罚？

4.《愚蠢的丈夫》中，丈夫的性格特征是什么？

考点透视三

一、填空题

1.《海魔和渔家女》中，是________为了救渔夫嫁给了海魔。海魔将________作为结婚信物交给了渔夫，让他转交给新娘。

2.《海魔和渔家女》里，国王派了________个仆人去监视女人的行为。

3.《会唱歌的鼓和神秘的南瓜》中，小女孩独自回去找________，碰见了妖怪。

4. 妖怪在第一个村庄用会唱歌的鼓骗取的是________。

5. 将小女孩救出来后，她的父亲往鼓里放了________、________、________，最后导致妖怪死了。

二、问答题

1.《两个骗子》讲述了一个什么道理？

2. 国王失信于吹号手的结果是什么？

3. 老人为什么要留下那样的遗嘱？

4. 水手贝昂迪亚克为什么不愿意离开他的小船？

5.《长嘴鸟和黑头莺》的故事告诉我们一个什么道理？

考点透视四

一、填空题

1.《哥俩好》中，弟弟完成了__________________的任务，老太太送他一群牲畜做谢礼。

2. 叶达纳让秃鹫带着他去天界寻取__________。

3.《叶达纳和秃鹫》中，描写秃鹫带着叶达纳飞上天空后，看脚下景色变化的句子有____________________、____________________。

二、问答题

1. 导致班歌最后死亡的原因是什么？

____

____

2.《小石头的故事》中，公主是一个怎样的人？

____

____

3.《魔鬼的女儿》中，魔鬼的形象与我们印象中的有什么不同？

____

____

参考答案

考点透视一

一、填空题

1. 正义 同心协力 很多难题

2. 牢固 洪水 飓风 大火的焚烧 本领 眼界 涵养

二、问答题

1. 因为男孩既勇敢又富有正义感，还救了大家的性命，所以被大家推举为国王。

2. 村民具有马虎、愚昧、无知的特点，那个聪明的小女孩是例外。

3. 鳄鱼听从了猫的建议，任由猎人用绳子绑住自己的腿。猎人和猫趁机抛弃鳄鱼，不管它怎么叫唤，都没有人来救它。

考点透视二

一、填空题

1. 猫 气味 寻找

2. 急于求成 爬树的本领

3. 强壮 威武

4. 算计和欺骗

5. 兔子 鬣狗 狮子 乌龟 乌龟

二、问答题

1. 因为兔子想用狮子的皮毛招摇撞骗，以此来获得利益，因为兔子曾用狮子的皮毛伪装成狮子，向鬣狗索要食物。

2. 因为兔子善于伪装和谋划，并且拥有神通广大的本领。他之所以能够全身而退，一是因为自己的聪明狡诈，二是因为敌人的大意和愚蠢。

3. 因为大蟒在获得猴子的帮助后，非但没有感激猴子，反而对猴子恩将仇报，想要吃掉猴子。

4. 愚蠢、无知、好面子、虚伪，是一个空想主义者。

考点透视三

一、填空题

1. 三女儿 戒指 2. 三十七 3. 贝壳 4. 食物 5. 毒蛇 蚂蚁 马蜂

二、问答题

1. 骗子是一群既聪明又自私且贪图便宜的人。他们在一起有合作也有欺骗，即使合作也互相提防着对方，他们对事情永远采取怀疑的心理，即便是死，也会将骗术进行下去。骗子通常会用一些小优惠来取得你的信任，然后再一点点地欺骗。

2. 国王失信于吹号手后，为了报复，吹号手将孩子全部带进了深山之中，国王和百姓痛哭不已，随着时间的推移，百姓知道了真相。愤怒的百姓就冲进了王宫，将国王暴打一顿，烧毁宫殿，抢夺财富，最后导致国王狼狈地逃到了其他的国家。

3. 老人是希望自己的儿子们能够通过自己的努力过上幸福的生活，幸福不是其他人给的，而是需要自己亲自动手去建造，建造幸福的过程就是一生中最宝贵的经历。

4. 他在父亲临终的时候发过誓，会永远地航行下去。

5. 就算长得不漂亮，但只要心灵美、品德好、勤奋努力、对朋友忠诚，一样会过得快乐美满。

考点透视四

一、填空题

1. 送老太太回家　2. 送子草

3. 大河看着就像一个小小的池塘、大海就像田野间的运河。

二、问答题

1. 班歌拥有无上的法力，而他拥有的力量来源于母亲送给他的那块碧玉。他的贡献引起坏人的嫉妒，最后杀了他，夺走了碧玉。

2. 公主是一个聪慧过人、善于变通但又刁蛮任性的人。

3.《魔鬼的女儿》中的魔鬼是善良、真诚、直率又乐于助人的，他们不同于我们印象中丑陋、邪恶的魔鬼形象。